KB233203

분노의 횃불

분노의 횃불

지은이 / 임종린
발행인 / 김윤태
발행처 / 도서출판 善

등록번호 / 15-201
등록날짜 / 1995. 3. 27

초판 제1쇄 인쇄 2004. 11. 15
초판 제1쇄 발행 2004. 11. 20

주　　소 / 서울시 종로구 낙원동 111-3
　　　　　청자빌딩 405호
전　　화 / 762-3335
팩　　스 / 762-3371

책　　값 / 7,000원

ISBN 89-86509-52-0 03810

분노의 횃불

임종린 지음

산

삼십육년 길다면 긴 세월동안 입었던
내 젊음의 땀이 절여있는 푸른 제복
벗고 난지 벌써 십년이 훌쩍 지났다.

젊은이들이 모여있는 입사 발표현장
그 한가운데서 합격한 자기이름 보고
기뻐서 좋아 날뛰는 사회 초년생처럼
끊임없이 새로운 길을 찾아 헤매다가
이렇게 한 일도 없이 시간을 보내버렸다.
외로움
그리고 즐거움
극과 극 사이에서 길 잃은 철새처럼
나는 왜 방향감각 없이 떠돌고 있는가?

그러나, 전에도 그랬지만
나이 들면서 나라사랑 깨달음은
더더욱 짙어만 간다.
몇 년 동안 열심히 시詩를 써가면서
애써 나라사랑 작품을 많이 구상했다.

휴전선도 찾았고
참전 용사들과 대화도 하며
때로는 태평양 전쟁의 격전지 남태평양
섬나라도 찾으면서 나라 잃고
강제 동원되어 죽어간 우리 동포들의
넋도 기리며 눈물도 흘려보았다.
네 번째의 시집이다.
애국愛國 시詩를 모아 보았다.
이 중에는 발표 못한 작품도 몇 편 들어 있다.
꽃피는 봄날이 젊음의 한 장면이라고 여긴다면
눈보라 치는 산마루를 오르는 앙상한
산속 길은 오늘의 내가
뒤돌아보며 걷고 있는 길일 것이다.
부끄럽기 한이 없다.
많이 꾸짖어 주기 바란다.

2004년 무더운 여름을 보내고
역촌동 서재에서
해봉 임종린

제1부

애국시민들의 함성

분노의 횃불

세월이 흘러 1년 있으면
광복 60년이 찾아 오는데
아직도 우리사회는
혼돈과 어둠이 남아있다
광복의 기쁨도 느끼기 전에
공산 마수들의 남침으로
폐허가 되었던 한반도
반세기동안 허리띠 졸라매고
진쟁의 상흔 없애려고
가난의 고통에서 벗어 나려고
밤하늘의 별 쳐다보면서
얼마나 눈물 흘리며 발버둥쳐 왔는가

쾌활하지도 않고
수다스럽지도 않으며 과묵한 우리민족
성품 그대로 조용한 열정으로
넉넉하지는 않았지만
그래도 희망찬 내일을 바라보며
반세기동안 숫한 어려움 겪으면서
자유민주주의 체제 지켜오지 않았는가

봄빛이 찰랑이는 사오월에는
농부가 부르면서 논밭에서 살며
뙤약볕이 내려 쬐는 여름날에도
구슬땀 줄줄 흘리며
경제성장의 모체인 생산공장에서
짜증내지 않고 증산에 힘써왔고
수확의 기쁨 가득찬 가을에는
해지는 줄도 모르고 열정 쏟았던 나날들
살을 에는 엄동설한의 추위에도 아랑곳없이
세계 속으로 뛰어들었던 우리들의 강한 의지

전쟁과 가난, 그리고
수많은 전쟁 고아들이 있던 작은 나라
세계10위 권의 경제성장국으로 일어선
대한민국 코리아, 사랑하는 우리의 조국
결코 저버리지 말고 사랑해야 한다
찬란했던 우리역사 속의 문화유산
비애의 잊지 못할 우리의 근 현대 역사
순박한 얼을 지니고 걸어온 지난 세월
반성해야 할 광복 이후 반세기 격동의 날들을…

오늘까지, 한반도의 산야가 푸르고
저 강물이 유유히 흐르고 있는 것은
목숨 바쳐 나라 지켜온 국군이 있었고
혈맹인 한미동맹의 힘이 있었기 때문이며
마수의 침략을 막는데 국가보안법은 큰 역할을 했다
그런데, 오늘에 와서 외치고 있는 사람들은
누구를 위해 국가보안법 폐지를 주장하고 있는가
중무장한 적 앞에 무릎 꿇고 무장해제 하려고 하는가
이법 때문에 일상생활에 어떤 불편이 그렇게 많은가
불편이 있다면 적과 친북 좌경 세력들이 아니겠는가
반세기동안 조국의 안보를 지켜온 국가보안법 폐지로
적들의 남침망상을 현실화시켜 친북 좌경 세력들이
거리로 뛰쳐나와 마음 놓고 활보하게 내버려 둘 것인가

자랑스러운 자유민주주의체제가 아닌 나라
완전한 붉은 나라로 변해 버리려고 하느냐
이순간에도 전쟁은 끝나지 않아 싸우고 있다
이 나라를 지켜왔던 참전 용사들은
우리를 다르게 바라보는 그 시선을
정신 나간 사람처럼 물끄러미 바라만 보고 있다

목숨 바쳐 사랑해야 한다
고마운 우리조국 대한민국
절대로 잊지 말아야 한다
우리가 흘린 피와 땀과 눈물이 헛되게 해서는 안 된다
이 서러운 통곡의 소리를 누군가 듣고 있는가
듣고 있으면 속시원히 대답 좀 해 보아라
조국이 우리에게 준
값으로 따질 수 없는
무한한 사랑과 신뢰에 감사하면서…

오늘도, 지금 이순간에도
우리들은 조국 대한민국을 사랑하고 있다
우리가 태어난 한반도
자자손손 살아갈 우리의 대한민국
우리가 자랑하는 자유민주주의체제
스스로 지켜나가야 하며
누구에게도 빼앗겨 넘겨 줄 수 없다
아직은 전쟁이 끝나지 않아 싸우고 있기에
국가보안법 폐지는 시기상조로 여겨진다
나는 슬픔에 차있는 어수선한 사조 속에서

오늘의 끝 자락을 어쩔 수 없이 보내고있다.

조국의 분노

우리는 한숨 몰아 쉬며 먼산 쳐다보고 있다
우리는 이순간에도 떨리는 가슴 움켜쥐고
흥분한 채 조국의 분노를 바라보고 있다

저녁노을 멀리 쫓겨가버린 한적한 산사 앞
산마루 턱에 서서 배신감과 허탈감 속에서
눈에 보이지 않는 믿기 어려운 영상이겠지만
슬픔에 젖은 사랑하는 조국의 분노를 달래며
우리는 조국을 사랑한다고 몇 번씩 다짐하면서
애국심을 빼앗아간 강탈자들을 저주하고 있다

따가운 한여름 숨막히는 뙤약볕 고지에서도
눈보라 치며 살을 애는 추위 속 바다에서도
비바람 치는 칠흑 같은 어두운 밤하늘에서도
하나뿐인 목숨 다하여 우리의 조국을 지키며
집념에 가득찬 호국의지 끊임없이 불태워왔다

이순간에도 우리들은 두 손 모아 기도하며
둘로 갈라진 남북 땅이 사랑과 용서 앞세워
하루빨리 하나되어 서로의 곁으로 성큼 다가서

백의민족의 가슴에 환희가 가득채워지기를…
그날이 올 때까지…, 자유, 정의. 평화를 위해
목숨 다하여 지켜온 자랑스러운 우리의 조국
대~한민국을 한치도 빈틈없이 지켜가야 한다

하느님! 빕니다, 두 손 모아 정성 들여 빕니다
우리들의 애국심을 빼앗아간 강탈자들에게
회개의 참마음 되돌려 갖도록 기르쳐 주소서
방방곳곳 그늘진 구석에서 서러움에 가득찬
국민들이 원통해서 땅을 치며 울고 있습니다
민주화도, 양심도, 인권도, 종교도 중요하지만
억만년 이어나갈 우리조국 먼저 생각하시어
다시는 분노를 삼켜내지 않도록 보살펴주소서
진정한 자유는 실정법안에 존재한다는 사실…,
자유는 반 국가 위법행위는 해당되지 않는다

이젠, 우리조국의 번영과 발전된 위상을 위해
소모적인 정략과 논쟁에서 하루 빨리 벗어나
또다시 분노에 찬 대~한민국을 달래는 국민들이
원통해서 울지 않도록 안팎 단속 철저히 해야 한다.

애국시민들의 함성

갑신년 3월 1일 오후 3시
여기는 서울시청 앞 광장
손목에 감기는 쇠사슬 풀어 내듯
애국 시민들이 흔드는 태극기물결
달빛에 피어나는 정결한 원광圓光으로
"북 핵 반대, 반 김정일, 국권수호"의 함성

갈라진 조국은 아직까지 하나되지 못하고
육체와 정신의 틈새에 끼어 든 좌경 세력
아직도 사회의 빈객賓客 속으로 파고 들어
아픔이 넘치는 비명을 남기고 있단 말인가

휠체어에 실은 뜨거운 구국의 함성
절해絶海의 밤 헤치는 항해航海를 위해
물 안개 젖은 등대의 불빛 켜있듯
전쟁을 겪어 본 평화의 소중한 가치
잃어버린 조국애에 겨누는 호국의 열망
금빛 나비처럼 쏟아지는 애국의 절규絶叫
불모의 벌판을 휘돌아 곳곳으로 퍼져 가면서
애국의 물결은 여윈 한반도를 향해 흘러가거라

여기저기 눈 크게 뜨고 쳐다보아라
지팡이에 의지한 상이 용사들의 울부짖음
눈가에 이슬 맺힌 나라 살리라는 울먹인 목소리
민주주의 체제의 정체성 유지냐, 침몰이냐의 기로에서
너희들은 어느 쪽을 선택하며 무엇을 얻을 것이냐
항상 거짓없이 거룩하고 숭고한 충고와 조언은
그 누구도 덤비며 시비할 수 없고 거역해서도 안되며
감사히 받아 들이면서 호국의 바통을 인수해야 한다

애국 시민들이 외치는 부정부패추방의 함성
자신도 모르게 솟아나는 정의감의 표출이니
뻗치는 힘대로 달려나가고 돌진력에 힘을 실어
정의사회 구현되는 날까지 확산시켜 가거라

그런데 안타까운 사실은 세대와 계층간에
애국의 흐름과 방법이 왜곡 보도 되면서
대립된 양상으로 비춰질 때가 간혹 있다
항간에 떠돌고 있는 보기에 힘겨운 모습은
보수와 진보, 기성세대와 신세대 사이
단순이 애국의 수준을 훨씬 뛰어넘어서서

지나친 충돌로 나타나 우리를 슬프게 한다

피는 한 줄기로 흐르고 민족도 하나이기에
서로 미워하고 눈총을 겨누는 불신의 비극은
오래 가서는 국가적 차원에서 망신스럽다

우리가 목숨 바쳐 지켜온 자유민주주의체제
반세기동안 굳게 지켜온 혈맹의 한.미 동맹관계는
변함없는 우방국의 정의情誼로 더더욱 강화시키고
정열과 꿈을 가득 담아 튼튼한 국력으로 키워가면서
아직도 마르지 않은 가난의 한 맺힌 눈물 닦고
백의민족 속에 아로새긴 무상無常의 아픔 이겨내면
지난 세월이 고통스러워 되돌아 보기 싫어지지 않도록
조국의 영광을 영접하는 만월滿月의 등燈 훤히 밝혀
믿음직한 자유민주주의체제가 온 겨레의 소망으로 여겨
우리가 누구인지 다시 한번 세계인들에게 보여 주자구나.

*3.1절 애국시민 국민대회를 다녀와서(2004.3.1)

구국의 대함성

6월 21일 오후 5시
시청 앞 광장에 모인 수많은
애국 시민들의 결의에 찬 대함성!
대한민국 주권세력의 결속다짐
반핵反核, 반금反金, 한미동맹강화韓美同盟强化 궐기대회

53년 전 6월 25일 새벽
한반도의 고요를 뒤흔들었던
역사의 아픔을 잊지 않으려는 절규絶叫
6.25전쟁은 잊혀진 역사의 단면이 아니라
우리와 함께 살아온 민족의 최대 비극
이 아픔을 겪었던 오늘을 사는 세대들은
어찌 그때의 쓰라림을 잊을 수 있으리요

주먹 밥 한 덩이로 몇 끼를 때웠는가
죽을 고비 수없이 넘기며 나라를 지켜왔는데
전체 국민의 75% 차지 하는 전후세대戰後世代
시청 앞 광장에서 들려 오는 구국의 대함성을
귀담아 들을 것이냐, 못 들은 채 할 것이냐?
너희들의 촛불 시위도, 자주정신自主精神도 좋지만

6,29 서해교전西海交戰에서 산화한 젊은 용사들의 넋도
추모해야 옳은 일 아니냐고 묻고 싶구나

"국군은 죽어서 말한다" 목 메인 슬픈 시詩 낭송
"용진가" "전우야 잘 자라"의 울음섞인 군가소리…,
눈물 흘리며 땅을 치는 휠체어를 탄
6,25참전 용사들의 울부짖음을
우리 다같이 귀담아 들어야 한다

다시는 우리에게, 다시는 이 땅에
동족상잔同族相殘의 전쟁은 있어서는 안 된다
자유와 번영, 통일은 거저 얻어지지 않으며
강한 국방력과 국민의 단합된 호국정신護國精神만이
전쟁을 방지하고 자유와 번영도 갖게 될 것이다

잊지말자 6.25!
슬픈 역사를 쓰기 시작한 그날의 새벽
정처 없이 고향을 떠나야 했던 피난길
6,25는 영원히 잊혀지지 않는 전쟁이며
풍전등화의 국가위기에서 우리를 구해준

혈맹血盟의 한미동맹韓美同盟 반세기사半世紀史는 변함없이
우리 가슴에 뿌리 깊게 내려 있어
더 강해져 영원히 ~ 뻗어나갈 것이다.

*6월 21일 시청 앞 광장에서 열린 반핵, 반김,
한미동맹강화 6,25 국민대회를 다녀와서

구국의 선택

계미년 3월 1일 정오
시청 앞 광장에 모인 수많은
남녀노소 애국 시민들!

그들의 일성一聲은
대한민국 주권세력의 대함성이었다
북 핵보유 결사반대, 미군철수 절대반대
친북 좌경세력 색출 완전 분쇄

구국의 선택은
민족화해 위해 양보하면
자유와 평화도, 경제발전과 선진으로 가는 길도 잃고
자유 민주주의 체제마저 빼앗기게 된다는 사실
우리는 잊어서는 안 된다

이 땅이 어떤 땅이며 어떻게 지켜 왔는가
저 강물이 어떤 강물이며 여기까지 흘러 왔는가
저 산야가 늘 푸른 의미는 무엇인가

6.25 참상을 잊지 않으려는 노력은

천번 만번 온당하다
이젠, 이 땅을 지키고 사랑 할 책무는
진보도 보수도 아닌, 우익도 좌익도 아닌
우리 모두가 책임져야 한다

우리는 오늘의 안보불안 현실을
지켜만 보지말고
먼저 가신 애국 선열들의 침묵 앞에
고개 숙여 구국의 선택에 앞장서야 한다

전우의 시체를 넘고 넘어 앞으로 앞으로
낙동강아 잘 있거라, 우리는 전진한다…,
꽃잎처럼 떨어져 간 전우야 잘 자라
눈물 흘리며 땅을 치는
6.25 참전 용사들의 울부짖음을
우리는 의미 있게 귀담아 들어야 한다

거룩하고 숭고한 구국의 달
3월이 다 가기 전에…,

*3월1일 시청 앞 광장에서 열린 대국민 구국안보결의대회를 다녀와서

호국

우리 조국, 우리 땅—대한민국
지키고 가꾸던 역전의 용사들이
통곡하며 소리치고 있다

잿더미가 되었던 전쟁의 상흔傷痕 지우려고
새벽 일찍 일어나 눈 비비면서
저녁 노을 떨어지는 아쉬움 속 까지
발버둥 치며 살아 왔고

놋 숟가락 집어 들고 꽁보리밥 먹던
가난의 고통 이기려 허리 띠 졸라 매고
이 강산 가꾸어 왔으며
때 묻은 고사리 손에 몽당 연필 움켜 쥐고
문맹의 서러움 떨쳐 가며
억척 같이 세계 속에 뛰어 들었다고

이 땅이 어떤 땅이며
어떻게 지켜 왔는가
저 강물이 어떤 강물이며
여기까지 흘러 왔는가

저 산야가 푸른 의미는 무엇인가

그때를 잊지 않으려는 노력은
백번 만번 온당穩當 하다
이젠,
이 땅을 지키고 사랑할 사명은
누구에게 있는가 묻고 싶구나

보아라
우리 조국, 우리 땅―대한민국
굳건히 지키고 아름답게 가꿀 책무는
우리 모두가 책임져야 한다

우리 조국, 우리 땅―대한민국
오늘 같이 잘 살게 도와준
혈맹血盟의 나라, 미국도
고마워 하며 의誼 좋게 다같이
세계 속으로 나란히 걸어 가야 한다.

나라사랑

나라사랑은
항상 거룩하고 숭고하기에
그 누구도 시비할 수 없고
누구나 걱정하고 사랑해야 한다

나라사랑은
자신도 모르게 솟아나는 사랑의 표출
뻗치는 힘대로 달려가고
돌진력을 지니고 있어야 한다

그러나
세대와 계층간에
다소 다를 수 있겠지만
사랑의 흐름은 똑 같아야 한다

그런데
언론에 비친
나라사랑 방법이
세대와 계층간에 대립된 것처럼
잘못 비춰질 때가 간혹 있다

항간에 떠돌고 있는
보수와 진보, 기성세대와 신세대 사이
단순이 사랑방법의 수준을 넘어서
우리를 슬프게 하는 지나친 충돌로 보인다

피는 한 줄기로 흐르고
민족도 하나이기에
서로 미워하며 총을 겨누는
동족상잔의 비극은 없어야 한다

우리가 목숨 바쳐 지켜온 자유민주주의체제
잃지 않는 나라사랑 마음 가지며
순수한 웃음 속에 정열과 꿈을 가득 담아
복 받은 대한민국으로 뻗어나기를 기도하자.

보다 나은 이정표

한 밤중인데
잠자리에 들어갔지만
잠을 청해도
눈이 감기지 않는 것은
무슨 이유 때문인가

찬바람이 불어 닥칠 때
막아 줄 바람막이가 어디 없는가?
깊이와 넓이를 알 수 없는 사회
삶의 방향을 알아차리지 못하고
슬픔에 잠겨있는 거리를 걷다가
선술집에 들려 소주 한잔 마시고
세상 돌아가는 꼴이 너무 서글퍼서
나의 존재마저 의심하며 초인종을 눌렀다

그렇다고 내 마음대로
자유롭게 상상하고 추리하며
아름다운 존재로 거듭나자는 것도 아닌데…
왜, 이사회를 보수와 진보로 편가르며
국가 원로들이 외치는 구국의 소리를

지나간 냉전시대의 잣대로 비판하며
국가보안법을 국가경쟁력을 저해하는
후진적 악법으로 만 몰아 붙이느냐

우리의 삶, 우리의 조국을 위해
차분하고 겸손한 마음자세로
지난 반세기동안 고생했던 시절 되돌아 보며
잘못이 있다면 지혜와 힘을 모아
보도 나은 우리가 나아갈 이정표를 향해
화합과 단결의 갈무리에 최선을 다했으면…

국가안보의 혼란은 안 된다

갑신년甲申年의 새해가 밀어 닥쳤다
무거운 마음으로 새해를 맞이하며
가늠할 수 없는 위난危難 속에
정치·사회의 파편화와 불신
민생·경제의 피폐화 속에
저만치 밀려있는 국가경쟁력을
안타까운 마음으로 바라보면서
이 짙은 불확실성을 헤치고
누가 이 위기를 구할 수가 있으며
국가의 진운進運을 열어갈 수 있을까

결코 우리는 좌절해서 안 된다
오천년 역사의 길고 긴 노정에서
그 어느 때인들 위기 아닌 때가 있었는가
그러나, 우리가 짚고 넘어갈 중요한 사실은
국가안보의 혼란은 절대로 있어서는 안 된다

우리 모두는 자신감과 희망을 잃지 말고
의지意志와 능력能力, 양과 질, 책임과 권한의 조화를 이루어
텅 비어져 가는 기막힌 현실을 세밀히 분석

성장잠재력의 침하沈下, 생산능력의 쇠퇴衰退를 막아보자

이 나라 현명한 문인들이여 !
국가의 성쇠盛衰를 가늠하게 될 갑신년甲申年을
알차게 헤쳐나가기 위해 국민들에게
용기불어 넣고 희망 안겨주는 지혜가 담긴
값 있는 글을 보내 패스파인더가 되어 봅시다.

4월을 맞는 마음

4월을 맞는 마음

4월은 부활의 달이다
죽음을 넘어서서
다시 살아나심을 기리는 부활절
예수의 끝없는 사랑이 구현된 사건
부활예수께 감사와 찬양을 드린다

이는 인류를 향해 쏟아 부은
고통어린 사랑이었으므로
강력한 메시지로 다가오고 있다
그래서, 부활은 기쁨이자 소망이었기에
우리에게 사랑은 더욱 절실히 요구된다

400만 명에 이르는 신용불량자
삶의 좌절 속에 빠져있는 노숙자
미래에 대한 희망은 점점 없어지고
격심한 불안감이 짓누르고 있어
심령들의 울음으로 가득 채워진다

부활의 달, 4월이 왔는데
현실로 다가온 사회의 혼탁상

누가 누구를 배제하며
누가 누구를 정죄할 것인가
우리들의 마음은 착잡하기만 하다.

독재자의 슬픈 수염

바로 며칠 전 세계를 놀라게 한
후세인 체포 소식이 전해지던 날
세기의 털보 테너가수 파바로티는
35세연하의 예쁜 애인과 결혼하면서
미소를 지으며 TV화면을 채웠다

두 털보 수염은 서로 다른 모습으로…,
웃고있는 파바로티의 윤기나는 수염
땅굴에서 나온 후세인의 눈물 젖은 수염
한쪽은 위풍당당, 다른 한쪽은 초라함
수염은 잘 다듬었을 때 대접 받는 세상

눈물을 글썽이는 슬픈 독재자여!
수염이 있어도 잘 다듬었느냐
그 수염이 어떻게 자랐느냐에 따라
이렇게 사람의 얼굴이 달라진다는
기막힌 사실을 왜 모르고 있었느냐

독재자는 살아 남을 수 없다는 진리
이 세상 다른 독재자도 알고 있는지.

4월에 흐르는 한恨

역사는 강물 따라 흐르고
세상은 끊임없이 변해도
어김없이 목련은 꽃을 피었다가
꽃잎 접어 땅으로 내리며
라일락 향기가 짙게 풍기는
봄이 깊어 지면서
4월의 문을 서서히 닫는다

불의와 부정
그릇된 정치를 보다못해
억압과 폭력에 항거하던
젊은이들의 피 끓는 절규絶叫
반세기 세월에 퇴색되어
그 교훈은 넉넉한 기쁨을 주지 못하고
허공 속에 메아리가 되지 않았는가
이제 와서 흘러간 세월을 무색케
시가지를 꽉 메웠던 촛불시위는
그때 그날의 절규와 맥을 같이하려 하는가
저 토록 가슴 아프게 우리를 슬픔으로 몰고 간다

물질적 변화와 정신적 정체라면
4월의 역사로 흐르는 그날의 한恨이
목련 꽃잎으로 떨어지는 서러움 같은
그런 반동反動이 아니겠는가…,

라일락 향기가
머물다 떠나기 전에
우리를 슬프고 잔인하게 하는
시련도, 답답함도
미련 없이 어딘가 떠나보내야 한다

또다시 찾아온 4월의
따스한 봄날이 떠나가기 전에
채 피지도 못하고
반세기 역사 속에서
여린 봉오리로 시들어버린
4월에 흐르는 한恨을 달래야 한다
이제는 우리 다같이
부활의 정신으로
아픈 오늘을 치유해야 한다.

오염의 회오리바람

우리의 영혼
우리의 일상 삶에
깊숙이 불어 닥친
의식오염의 회오리바람
일상화된 부정과 부패문화
더더욱 걱정스러운 안보불감증
갈수록 가속화되는 인터넷 위력
광속으로 전염시키고 있는 걸
어떤 떨림과 두려움으로 보아야 하나

잘못된 욕망이 배출한 거대한 쓰레기장
이젠, 썩은 침전수로 고약한 냄새까지 피워
누구도 가까이 가려고 하지 않으니…
시민의 노력으로 난지도가 기사회생하여
예쁜 꽃과 푸른 나무가 어우러진
아름다운 놀이 터로 부활한 것처럼
계층간의 적대감과 부패의식 빨리 녹여
다시금 되살아 나는 개화의 역사를 써야 한다

부활의 달,

4월이 가기 전에 우리 모두다 함께
사랑하는 우리조국 대한민국의 내일을 위해…

4월의 슬픈 울음

계절은 봄을 불러오고
봄은 예쁜 꽃을 피우는데
산사 뜰 앞에 서있는 고목
슬픔 안고 울고 있으니
이는 먼 태고의 음향인가
그렇잖으면 지난 세월에 있었던
4월의 슬픈 울음으로 넘겨야 하나

쏟아지는 따스한 봄 햇살
살아야만 한다는 끝없는 집념
불굴의 정신과 변함없는 마음
시간이 더할수록 점점 더
투명하게 맑아지는 심연
불의와 잘못된 정치에 맞서 싸운
젊은이들의 피끓는 조국애의 절규
세월 속에 퇴색된 인내의 억울함이라

세찬 비바람이 밀려와서
천만번 세상을 덮쳐도
무거운 바위덩이가 세상을 짓눌러도

그때 4월의 울부짖음은 사라지지않으며
겪어온 뼈저린 고통의 형체마저 없어져서
말없이 시간 속에 묻혀 버려지지나 않을까

그런데, 오늘을 살아가는 철없는 젊은이들
그 기막힌 사연도 잘 모른 채 재잘거리며
혼탁한 세기의 흐름에 정신없이 빠져버려
믿기 어려운 옛이야기로만 여기고 있으니.

사람 세탁소

옷만 수선하고 빠는 것이 아니라
사람도 수선하고 깨끗하게 만드는
세탁소가 나와 화제가 되었으면…

우리사회가 꼭 필요한 사람세탁소
개업하면 괜찮은 수입 있을 법 한데
극단 모시는 사람들의 "오아시스 세탁소"
연극을 통해 열리는데 박수 받을 것 같다

예술의 전당 자유소극장에서 공연할
풍자희극 "오아시스 세탁소 습격사건"
비록 공연될 희극무대의 제목이지만
마음에 와 닿는 단어로 멋있어 보인다

이 사회가 정화되어 똑바로 발전되도록
거짓말 잘하고 부정부패에 젖어있는 선량들
깨끗하게 만드는 세탁소 개업 날은 언제 올까
각종 매스컴을 통해 창업알선 홍보 좀 해보지
괜찮은 직업 같아 희망자들 많이 있을 것 같은데…

참되게 사는 모습

이땅 바로 알면서 살아야 한다
행복 느끼며 살수 있는 우리 국토
수많은 외침에도 굴하지 않고
목숨 바쳐 지켜 왔기 때문이다

이땅 바로 보면서 살아야 한다
숲이 푸르고 강물이 흐르는 것은
숭고한 선혈을 아낌없이 뿌리며
온 고난 이거낸 대가임을 알아야 한다

이땅 바로 걸어 가면서 살아야 한다
사계절 아름다운 살기 좋은 한반도
삭풍 휘날리는 황량한 벌판에서
오랑캐 다스리며 호령한 기개 덕분이다

그대여, 알아 차렸는가?
이렇게 자랑스러운 우리 땅, 대한민국
주어진 일자리에서 불평 하지말고
묵묵히 최선을 다하는 성실한 자세
바로 이러한 모습이 애국이 아니겠는가.

수채화

떠나가는 봄
싱그러운 신록이 이어지면
자연이 그려낸 한 폭의 수채화
산중턱에 군락으로 자란 철쭉이
분홍빛 꽃 모자를 뒤집어 쓰고 있다

이맘 때가 되어 자연이 심호흡하며
산등성이를 분홍색으로 물들이면
한 맺힌 6월의 아픔을 쏟아내듯
선혈을 토하고 있는 것 같아 보인다

저 멀리 산등성이
봉화 불이 타오르듯 붉게 물들면
6월의 능선이 백 천의 포탄에 찍혀
붉게 타든 생지옥 울음바다…,
그날을 생각하면
가슴이 찢어지도록 아프게 느껴진다

산봉오리에서
물감을 떨어뜨려 번진 철쭉군락이

분홍빛 꽃밭으로 산등성이를 덮어 오면
방금 다듬어 놓은 수채화로 착각하여
6월의 아픔도 세월 속으로 사라져버리니
이토록 슬픈 가슴 움켜쥐고 울어야만 하나.

오늘은 나, 내일은 너

젊음은 발랄하기에
싱그럽고 활기에 찬 청춘을
누구도 시비 할 수 없고
아름다움과 힘을 부러워한다

젊음과 늙음은
자기 몫을 다하는 보완적 위치에 있어
어느 한쪽도 서로를 무시해서는 안 된다
단지, 자기를 그리는 시점이
오늘과 내일이 다를 뿐이니까

그런데 안타까운 일은
젊음과 늙음이 대립된 것처럼
잘못 비춰질 때가 있어 보기 싫다
어느 정치인의 잘못 내뱉은 망언인즉
4.15총선에 60, 70대는 곧 떠날 테니
투표 하지말고 집에서 쉬고 있으라고…
결과는 미래에 청년층의 것이니까

60, 70대는 오늘 노년층 것이지만

청춘은 청년층에게만 항상 있는 줄 아느냐
이 망언은 단순히 정쟁의 술수 수준을 넘어서
우리를 대단히 슬프게 하는 지나친 말장난이다

이른 아침 동해의 거센 파도를 잠재우며
장엄하게 떠오르는 붉은 태양도 아름답지만
서산에 지는 황금 빛 찬란한 저녁노을은
더 아름답다는 자연의 섭리를 터득하고
세월 속에 묻혀 사는 우리네 인생은
기氣의 흐름에 자기자신을 맡기면서
젊음과 늙음의 연속선상에서 자만하지 말고
자신의 모습을 그려볼 줄 알아야 한다
오늘은 나, 내일은 너가 60, 70대이니까.

고속철도 개통

가족과 함께 철도청의 초청을 받아
고속열차 시험운전 탑승행사에 참가
서울역에서 대전역까지 시속 300km로 달려
하얗게 내린 눈 구경하다 보니 깜작 사이
47분만에 대전역에 도착하였다는 차내 방송
단군이래 최대의 토목공사가 이뤄진 한반도
세계에서 다섯번째로 고속철도를 갖게 된 대한민국
역을 지날 때마다 우동 먹던 추억은 사라져버렸다

TGV 팔려고 야단법석 떨던 프랑스 사람들
그때 그 시절 12년 전 유럽방문 중 파리에 갔을 때
국방장관도, 전쟁기념관 종사하는 안내자마저도
자기나라 고속열차 자랑하며 사달라고 홍보했다
고속열차 구매하는데 아무 권한도 없는 나에게…

이젠, 반 낮의 생활권에 들어선 우리나라
경부고속도로가 개통되어 경제성장의 문이 열리더니
고속철도 개통으로 어떤 국익이 들어 닥칠지는 몰라도
고속열차 탑승한 나의 걱정스러운 소감은 기우일는지…
안전운행은 문제가 없는지, 차내서비스와 방송체계는,

사고발생시 대비책은 구비되었는지 다시 한번 또 한번 점검
너무 서둘지 말고 돌다리도 두드리면서 건너도록··; 부탁부탁

오늘 TV뉴스
몇 년 만에 부활된 입영열차
용산 역에서 논산 역까지 고속열차로 달린단다
입영장병과 동행하는 가족 생각은 빨리 가는 것이 좋을까?
고속입영열차 타고 입대하는 아름다운 추억 남겨두기를···,
열차는 이렇게 지축을 흔들며 속도가 빨라지고 있는데
사회는 고속철도 개통으로 얼마만큼 속 시원히 달라질는지
4월 1일 정식으로 개통되어 고속철도시대가 열리는데
15일 후 치러지는 총선열차도 무사히 종착역에 도착했으면···
고속열차 안전운행도 걱정, 나라 싣고 가는 정치 안전운행
도 걱정이다.

아리랑 함께 부르는 날

"오, 벗이여!
곡조 바꿔 더욱 즐겁고 기쁨에 찬
노래 부르지 않겠는가?
둥글게 뭉쳐라
황금의 술에 맹세 걸어라
충실은 그대의 영원한 약동
저 하늘의 아버지에게 바치나이다."

〈실러(Schiller)〉가 쓴
'환희의 부침'이라는 시詩
베토벤 9번 교향곡합창의 노래 말
베르린 장벽붕괴 10주년 기념식
그때 축가로 합창했던 노래이다

통일은 뜨거운 의욕만으로
이뤄지는 일이 아니고
환상적인 산물도 더더욱 아니며
어려움 인식하고 냉철한 이성으로
철저히 대비하고 위기관리능력 가졌을 때
하나가 된 통일조국 이룰 수 있을 것이고

남북 동포 다같이 얼싸안고 기뻐하며
아리랑 함께 부르는 날 맞이할 것이다.

이래서는 안 되는데…

전쟁영화의 흥행사들
연일 흥행기록을 경신하면서
반세기의 아픈 역사를 쏟아 붓는데
잊지 말아야 할일…,
살아남은 자들의 증언일지라도
"일면의 진실"에 불과하다는 사실
나머지는 흥행을 위한 픽션이다

흥행을 앞세운 상상력이
짐승보다도 못한 의리 없는 집단으로
흥행시장에 내어 놓으려고 하느냐
〈아우슈비츠〉의 생존작가 〈프리모 레비〉의 말
"괴물은 존재하지만 그들의 수는 너무 적어서
우리에게 큰 위협이 되지는 못한다…"
엄청난 대박을 노리는 영화가
정부나 군軍에 대한 반감을 키우는 짓은 아닌지
우리는 요사이 이래저래
지나간 아픈 역사를 더듬으면서
세월이 삼켜버린 슬픔의 뒤안길을 걷고있다

이래서는 안 되는데...,
잘못 놀린 손 탓으로
허구성이 앞선 혀를 놀리며
아픈 가슴에 못을 박아서는 안 된다
깨어져버린 그릇에 정을 담아볼래
메말라 비뚤어진 공터에 단비가 내리게 해
아름다운 꽃도 푸른 나무도 심게
새봄의 따스한 햇볕을 받아 들일레

우린,
지난 날들을 무조건 탓하지 말자
이젠,
사랑과 용서로 반성하는 마음 가지며
이른 새벽
은은한 평화의 종소리 들으며
나비 꽃잎에 춤추고
산새 숲속에서 노래하는
두쪽이 아닌 하나가 된 한반도 지도를 그리며
목청 높여 아리랑합창 다 함께 불러보자.

4월의 반동

잔인한 4월은 강물따라 흐르며
목련은 꽃을 곱게 피었다가
봄비 되어 소리없이 떨어지고
라일락 향기가 짙게 풍기는
늦은 봄이 깊어 지면서
4월의 문턱은 낮아 지는가 보다

독재자의 아집我執으로
고대문명의 숨결 엉킨 모체
흔적 없이 사라지고
피로 물든 아비규환의 전장戰場
처참한 중동의 모래 바람 휘몰아 친다

또 다시, 한반도에도
밀려 오는 북·핵北·核 망령妄靈들
4월의 역사로 흐르는 나날들이
목련 꽃잎으로 떨어지는
역사의 반동反動이 아닌가
우리를 의심케 한다

라일락 향기가
머물다 떠나가버리기 전에
우리를 슬프고 잔인하게 했던
시련도, 답답함도, 증오심도
4월의 문턱을 터서
미련없이 떠나보내야 한다

어서 빨리
우리 다 같이 하나가 되어
너도 나도 잘 살게
사랑과 용서로
아픈 4월의 그날들을 치유해야 한다.

밝아오는 새벽

오늘의 어지러움
혼란케 보이는 까닭은
한복판이 터져있기 때문이다

흩날리는 더러운 분말
코를 막는 썩어가는 냄새도
속타서 심장 부서지는 흔적이어라

땀으로 얼룩진 네 모습
몸부림치는 태산 같은 아픔도
갈기갈기 찢어진 속마음일지어라

잘살아보자는
우리들의 부푼 희망
온 몸에 안고서 예쁘게 미소 지을
내일을 맞이하는 기대찬 바람이었는데…

우거진 푸른 숲
유유히 흐르는 저 강물
그 위를 날라가는 철새들 바라보며

보람차게 살아갈 아름다운 보금자리
어찌하여 처다만 보며 비웃고 있어야 하나

오늘의 아픔과 절망
어서어서 멀리 흘려보내고
부푼 솜이불 덥고 편히 잠자리에 들어갈
다같이 잘사는 공동체사회 만들어야 한다

저기 검푸른 넓은 바다에는
거센 파도도 이젠 잔잔해지고
갈매기 무리 지어 사이 좋게 날아가니
우리에게도 내일의 밝은 새벽이 찾아 오겠지.

착각과 모순

짧은 인생살이
흥분하면서 살아가면
세상이 어지럽게 보이고
삶의 방향을 잃게 된다

이사회를 착각과 모순으로 몰고 가며
자유민주주의체제를 뒤흔들어대니
숨이 막혀 가슴이 터질 것 같구나
간첩, 빨치산을 민주화 기여자로 인정하고
한술 더 떠서 이미 전향해서 살고있는 자들까지
북송北送 시키겠다고 헛소리 치고 있으니…,
이들과 싸우다 산화한 호국 투사들과
국가안보의 주역인 참전 용사들은
민주화를 거역하고 국법을 어겼단 말인가

자유민주주의체제가 싫다면 보내야지…
그렇지만 반드시 집고 넘어갈 일은
북송이 아니라 북으로 추방을 해야 한다
북한에 억류된 국군포로와 피랍어부는
팽개쳐 내버려두어도 좋다는 심상이냐

상호주의의 견지냐, 포기냐를 분명히 밝혀라
착각과 모순 접어두고 세상 똑바로 처다 보면서
인권도 중요하지만 국기를 흔들어서는 안 되는 일
현명한 우리 국민들은 지켜보고만 있지 않을 것이니.

4월을 보내는 마음

역사는 강물로 흐르고
세상은 끊임없이 변해도
어김없이 목련은 꽃을 피웠다가
꽃잎 접어 땅으로 내리며
라일락 향기가 짙게 풍기는 늦봄이 깊어지면서
4월의 문을 닫는가 보다

불의와 부정
그릇된 정치를 보다 못해
억압과 폭력에 항거하던
젊은이들의 피 끓는 절규가
반세기 세월에
어느덧 퇴색되어
허공 속에 메아리가 되지 않았는가
지금은 우리를 의심케한다

물질적 변화와
정신적 정체라면
4월의 역사로 흐르는 그 날이
목련꽃잎으로 떨어지는

그런 반동이 아닌가

라일락 향기가
머물다 떠나기 전에
우리를 슬프고 잔인하게 하는
시련도, 답답함도
미련 없이 어딘가 떠나보내야 한다

또다시 찾아온 마흔 하나의
따스한 봄날이 가기 전에
채 피지도 못하고
봉오리로 시들어버린
젊은이들의 한을 달래야 한다

이제는 우리 다같이
부활의 정신으로
아픈 오늘을 치유해야 한다.

제3부

님께서 가신 그길

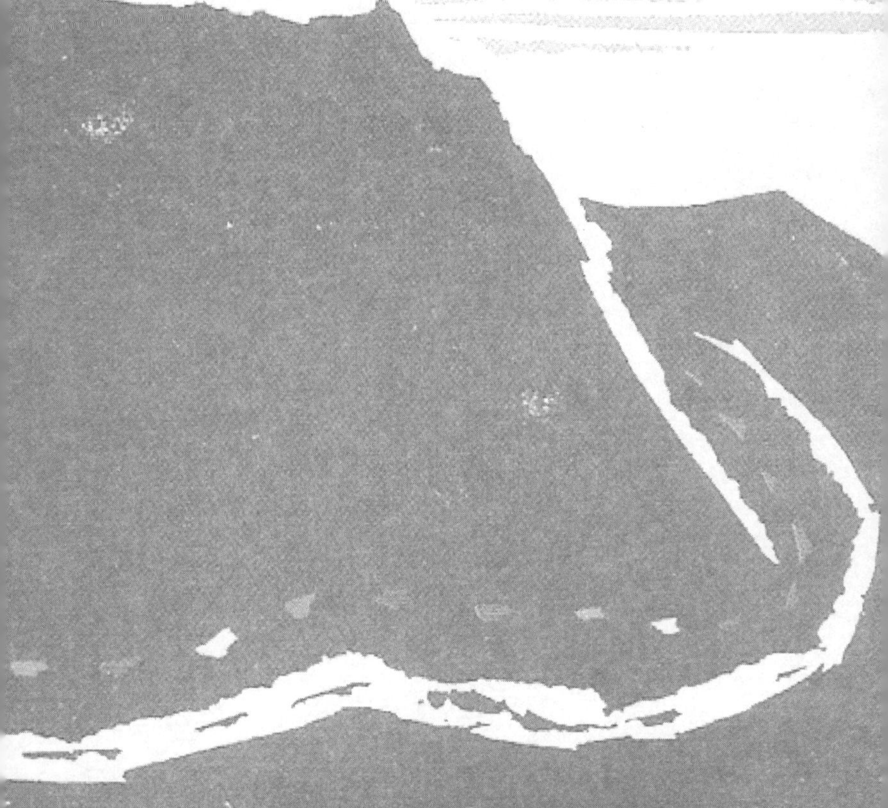

유월의 도솔산

"하늘에 우뢰 소리, 땅 위에 아우성
불 바다 피투성이 새우기 몇 밤…"
귓전에 들려오는 도솔산 군가소리
난공불락 장담하던 24개 험한 목표
해병대 쌓아 올린 승리의 도솔산
오늘도 젊은 피 불길을 뿜어낸다

하늘이 노怒하고 땅이 울었다
어찌하다가 우리는
사신死神들이 통곡하고 까마귀 울어 되던
생지옥을 넘나 들었느냐
어찌하여 우리는
피맺힌 통한의 울음바다 이뤘느냐
서로가 서로를 간절하게 부르고
서로는 서로를 처절하게 손짓하며
17일간이나 너무 오랫동안 싸웠다

수십만 발의 포탄이 오가던
미명의 황토 빛 고지에서
서로 부둥켜 안은 승리의 함성

자랑스러운 해병들의 나라사랑 절규
목이 메어 입을 열 수 없었으니
무심한 바람과 구름마저
가슴 따갑게 멈칫 멈칫하였으며
곱게 핀 들꽃
푸르게 자란 나무들마저 떠나 갔지만
햇살은 쉬지않고 비쳐주며
반짝이던 별빛도 같이 힘을 주어
꿈을 저버리지 못하게 하였구나

이럴 수만은 없다
슬픈 역사의 수렁에서 벗어나자
정녕 이럴 수는 없다
이제는 용서의 의지 키우고
붉게 탔던 고지에 푸른 숲을 이루자

전승의 기세 올리며 함성 지르던
붉게 탔던 유월의 도솔산
한 맺힌 아비규환阿鼻叫喚의 울음바다
어서 은혜로운 손길 뻗쳐

서러운 가슴 따뜻하게 어루만지며
넓은 지혜 나누어 주는
해원解怨의 노래 힘차게 부르자

하늘이 노하고 땅도 울던
한 맺힌 도솔산 불타던 능선
철조망에 찔리고 넘어지는 일 없게
서로 꼭 껴안고 환한 웃음지으며
마음껏 승리의 노래 부르자

아 ~ 유월의 불타던 도솔산
해병대 쌓아올린 승리의 산
이 나라 해병들이 명예 걸메고
목숨 바쳐 싸워온 승리의 도솔산
아직까지 필승의 신념 불같이 타오른다
전승의 하사휘호下賜揮毫 "무적해병"의 신화
영원히 영원이 청사에 빛나리라.

*도솔산: 중부전선 양구에 위치한 6.25전쟁 중 가장
치열했던 한국해병대 격전지(1951.6.4~6.20)

6월의 의미

6월은 잔인한 달인가
과연 희망의 달인가
2000년 6월 15일
남북 정상은 공동선언을 통해
통일의 문을 열기 시작했다
하느님의 은총과 축복이리라

남북 정상의 공동선언은
세계의 이목耳目과 역사의 심판 아래
7000만 국민이 하나되라는 준비 명령이다

서울역에 나와
평양가는 기차표를 달라는
팔순의 할아버지와
북한에 계시는 어머니에게
6000여통의 문안問安 편지를 써놓고
아직도 부치지 못한 육순의 아들에게

이제
"민족분단民族分斷은 끝났다."

통일統一의 날짜만 정하면 된다고
말해도 좋은가?

누구에게 들어야 하나

6월의 메아리

올해도 6월이 찾아왔기에
숭고한 희생 앞에 머리 숙여
조국의 소중함을 깨닫게 된다
진혼곡이 구슬피 울려 퍼지는
국립묘지 충혼탑
여기에 새겨진 글귀를
몇 번이고 읽어 내려 간다

"여기는 민족의 얼이 서린 충혼탑
조국과 함께
영원히 가는 이들
해와 달이
이 언덕을 보호 하리라"…,

오늘도
하얀 밤꽃 향기 풍기는
싱그러운 녹음 우거진 숲속에서
뻐꾸기가 구슬피 울어댄다
한없이 푸른 6월의 하늘 아래
순국 선열들의 고귀한 희생이

메아리되어 날아온다

이땅이 어떤 땅이며
어떻게 지켜 왔는가
저 강물이 어떤 강물이며
여기까지 흘러 왔는가
저 산야가 푸른 의미는 무엇인가
빗발치듯 오가던 백 천의 포탄
붉은 피 풀잎에 물들고
젊음 그곳에 멎을 때
거룩하게 눈 감은 조국의 아들
그대 이름은 대한민국 국군

견뎌낸 슬픔도 지니고
못다 푼 서러움도 안고서
반세기 세월은 흘러 갔는데
포성이 하늘을 뚫던 싸움터
나라를 지켜야 한다는 일념으로
젊음을 송두리째 조국에 바치고
산골짜기에 쓸쓸하게 누운 넋

가시넝쿨이 휘어 감아도
국군이라는 영광된 이름 때문에
이슬같이 사라진 한 맺힌 영혼
슬픔이 맑아지면
하늘의 별이라도 되어라

6월의 숭고한 희생
잊지 않으려는 노력
천번 만번 온당하며
이젠, 우리 모두는
6월의 뙤약볕을 피하지 말고
값있게 가신 호국영령들의 침묵 앞에
머리 숙여 명복을 빌어야 한다

6월은 다시 찾아 왔지만
푸른 잎새에 아로새겨진
붉은 핏방울은 지워지지 않은 채
한반도는 두 갈래로 얼룩져 있다
길은 한 줄기
조국은 장엄하게 펼쳐진 땅 바다 하늘

6월의 숭고한 희생
더 높이 되새겨
통일의 염원
하루 빨리 이룩해야 한다

이름은 있었지만
지워버리고 누운 한 맺힌 영혼
산골짜기에 외롭게 핀 야생화 되어
젊음을 조국에 바치고
이름없이 떠도는 나그네 넋이 되었구나

값있게 가신 순국 선열들이시여!
이제는 슬퍼하지 마시고 편히 쉬소서
먼저 가신 호국영령들이시여!
이제는 울지 마시고 고이고이 잠드소서.

6월의 노래

푸른 잎새에 아로새긴
붉은 핏방울
6월은 말없이 다시 찾아와도
한반도는 아직도 두 갈래로 갈리어 얼룩져 있다

독毒묻은 버섯처럼 빛깔 선명히
전쟁의 상흔傷痕 지워지지 않은 채
잔인한 6월의 역사는 아직도 대지를 맴돌며
목숨의 오뇌懊惱에서 피를 넘겨 준다

하지만
아직도 자취를 지워 버릴 수 없는
이 땅 이 하늘 아래
조국의 위대한 이름은 남아 있으니
회한悔恨과도 같은 나의 알몸에
피처럼 괴어 오는 조국애祖國愛

보라, 우리 통일의 염원이 새긴 금선琴線
저기 별 사이를 산맥처럼 뻗어
조국은 늠름하고 영원하다

길은 한 줄기
조국은 장엄莊嚴하게 펼쳐진 환희의 바다
이제는 푸른 잎새마다 꿈을 새겨
통일의 염원을 담아
6월의 노래를 소리 높여 부르자.

무명無名의 이름으로

이름은 있었지만
지위버리고 누운 넋
산골짜기에 쓸쓸한 바람이 되었느니라
청춘을 조국에 바치고
이름없이 떠도는 조국의 넋
슬픔으로 맑아지면
하늘의 별이라도 되어라

견뎌낸 슬픔도 지니고
못 견딘 슬픔도 안고서
오직 세월은 흘러갔는데
포성이 하늘을 뚫는 싸움터
조국을 지켜야 한다는 불더미 같은 마음 하나로
젊음을 송두리째 조국에 바치고
산골짜기에 쓸쓸하게 누운 넋
칡넝쿨이 휘어 감아도
무명無名이라는 영광의 이름으로만 남아
바람인 양 살아가는 한恨맺힌 영혼

빗발치듯 오가는 백천百千의 포탄

붉은 피 풀잎에 물들고
젊음 그 곳에 멎을 때
거룩하게 눈감는 조국의 아들
그대 이름은 무명無名

이름조차 몰라 비문도 못 새기고
조촐한 나그네 영혼의 모습으로 누워서
조국의 넋이 된 그대 이름
세월따라 씻겨도 지금까지 영원하다.

유월의 아픔

가랑비 소리없이 내리고
짙은 안개 산골을 메운 38도선
허리가 부러지는 폭음과 섬광閃光
53년 전 6월 25일, 잊을 수 없는 그날 새벽
한반도의 고요를 뒤흔들었던 역사의 아픔

민족의 수난이 시작 된지 어언 반세기
먼 길 따라 걸어온 이 아픔의 교훈은
우리에게 넉넉한 가르침을 주지 않는다
지금까지 비무장지대에는 녹슨 기찻길이
갈대 숲에 드러누운 채
흙먼지 뒤집어 쓰고 있다가
이제서야 눈 비비며 일어서려 하는구나

지금도 인적 없는 숲속에
옛 흔적 잃지 않고 남아 있는
주춧돌과 주저앉은 토담
앞뒷집 터 밭 구분 짓던 돌 담장
그 구석에 구멍 뚫린 녹슨 철모가
주인 잃고 나뒹굴며 외로이 지쳐있다

고향을 등지고
정처 없이 떠나야 했던 피난 길
유월의 뙤약볕은 따갑다 못해 아팠기에
이 아픔을 겪었던 사람들이라면
어찌하여 땅을 치고 통곡하지 않았겠는가

6.25전쟁은 잊혀진 역사의 단면이 아니라
우리와 힘께 살아온 한민족의 최대 비극
이를 잊지 않으려고 발버둥치는 노력
천번 만번 온당하며 뼈에 사무친다

다시는 우리에게, 다시는 이땅에
한恨 맺힌 전쟁의 역사가 있어서는 안 되며
그 책임은 우리 모두가 짊어져야 한다

아아, 그때 그 순간!
새벽을 뒤흔들었던 유월의 아픔
이젠 제발, 사랑과 용서로
유월의 뙤약볕을 피하지 말고
먼저 가신님들의 침묵 앞에

고개 숙여 명복을 빌어야 한다.

붉게 탄 유월의 산하

아직도 녹슬은 기찻길이
갈대 숲에 몰래 묻힌 채
외로이 반세기 긴긴 세월
흙먼지 뒤집어 쓰고 있다가
이제서야 눈 비비며 고개든다

그곳에서
조금만 더 올라가면 남방한계선
4킬로미터 전방지점은 북방한계선
남,북방한계선 중앙을 가로질러
국토의 허리 자른 155마일 선 그어져
한恨 맺힌 군사분계 점인 휴전선이다

얼마 남지않은 조각달빛이
희미하게 걸려있는 한밤중이면
아기울음 같은 노루의 울부짖음
애간장 타게 구슬피 울어 된다

아직도 인적 없는 숲속에
주춧돌과 주저앉은 토담

앞뒷집 터 밭 구분 짓던 자갈 뚝
그 한편에 구멍 뚫린 녹슨 철모
주인 잃고 나뒹굴며 외로이 지쳐있다

바로 이곳이 이산 가족들이
죽기 전에 밟아 보고 싶은
몽매에도 잊지 못할 두고 온 고향
눈 감지 않아도 복사꽃.살구꽃이
눈꺼풀 저리도록 흐트러지게 피고
함박눈이 소복이 쌓이면
누렁이가 꼬리치며 좋아서
부산떨던 그때 그 시절
생각만해도 눈시울 붉어진다

반세기 훌쩍 넘어선 분단의 아픔
6.25는 잊혀진 역사의 단면이 아니라
우리와 함께 살아온 한민족의 최대비극
이를 잊지 않으려는 발버둥치는 노력
천번 만번 온당하며 뼈에 사무친다

다시는 우리에게, 다시는 이땅에
한恨 맺힌 분단의 역사가 있어서는 안 되며
그 책임은 우리 모두가 짊어져야 한다

우리는 유월의 뙤약볕을 피하지말고
먼저 가신 호국영령앞에 고개 숙여야 한다
아~ 그때! 유월의 산하, 붉게 탄 6.25 새벽을…,
어찌, 우리 슬픈 그날을 잊고 살아 가려느냐.

*서부전선 비무장지대를 찾아서

거룩한 영혼

오늘은 6월 29일
서해교전이 일어난지 2주년
여기 서해교전 전적비 앞에
유족들과 현역 및 예비역 장병들이
거룩한 영혼들을 추모하려 모였습니다
장관,정치인 한 사람도 참석하지 않은 추모행사지만
저 멀리 서해로 울려퍼지는 구슬픈 진혼나팔소리
여기 자리한 유족들과 추모 장병들의 애간장을 태우니
기습 도발한 북한 함정의 잔인함을 규탄하고 있습니다

국가의 부름에 응답한 거룩한 영혼들에게
우리사회는 어떤 보답을 했는가. 묻고 싶습니다
고작 4~7천만원의 유족 위로금을 지급했는데…
보다못해 가슴 아파한 장병들이 모금에 앞장서서
먼저 가신 거룩한 영혼들의 원혼을 달래지 않았는가
하나뿐인 목숨을 조국에 바친 용감한 장병들에게
무슨 보잘것없는 물질적 보상이 필요하겠는가 만은
왜, 그렇게 우리사회는 인색하고 달랠 줄 모르는가
무슨 낯으로 영웅들의 영정 앞에 염치없이 서서
어떤 말로 거룩한 영혼들의 한恨을 풀어야 하나

여기 청상靑霜의 여인이 아빠 잃은 아기를 안고
흘러내리는 눈물 닦으며 소복을 적시고 있으며
고故 황도현 중사의 아버지는 아들에게 보내는 편지를
손에 들고 아들을 부르며 땅을 치며 통곡하고 있습니다

"도현아. 도현아, 우리아들 도현아!
세월이 덧없이 흘러 2년이 지났구나
네기 엄마 아빠 곁을 떠난지 벌써 2년
그 동안 엄마 아빠는 너를 기다리며
너의 짧은 생애 못다한 꿈을 위로하며
가끔 세상도 원망하며 마음을 달랜단다

엄마는 매일 너의 넋을 기리며 기도하고
아빠는 너가 못다하고 남긴 일을 대신한다
지난날 너가 남겨놓은 모든 것들이
엄마 아빠에겐 무엇하나 버릴 것 없는
유물이 되어 우리가 이세상 다하는 날까지
너의 애달픈 삶의 마감을 기리고자 한다

이세상 모든 것이 너의 죽음과 바꿀 수 없는 일

엄마 아빠의 마음을 아프게만 하지는 않기에
니가 생각날 때마다 잘난 우리아들 자랑해본다
이제는 이별할 시간이 왔는가 보다
아쉽지만 어떻게 하니, 떠나야지 떠나가야지
도현아, 도현아, 하늘나라에서 편히 쉬어라"

거룩한 영혼들이시여!
그대들의 희생한 대가로 한반도에 평화가
하루 빨리 찾아 오길 두 손 모아 기원합니다
목숨 바쳐 바다 지킨 그때 함성의 메아리가
사랑하는 우리조국의 구석구석을 스며들고 있으니
부디 하늘나라에서 영생복락永生福樂 하시고
우리해군이 강하게 자라도록 살펴 주소서
이젠, 눈물 거두시고 고이고이 잠드소서
조국위해 먼저 가신 여섯분의 호국영령 앞에
엄숙히 머리 숙여 삼가 명복을 빕니다.

*서해교전 2주년 추모식에 다녀와서(2004.6.29)

태극 깃발 앞에

참으로 조국이라는 이름 앞에서
한 가지 빛 둘레의 환한 축복을 사방에 두고
그토록 힘차게 흩날리는 것입니까

풀잎이 허공에 뜨고
바람이 세차게 불 때
더욱이 정결하게 흔들리는 깃발
지금은 한 나라 안에
두 개로 흩날리는 깃발이지만
언젠가는 태극무늬로 힘차게 날릴 깃발

온갖 영욕榮辱의 굴절될 수 없는 상처
허공에 날려버리는 시간 앞에
조국의 소망을 거는 목마른 나날들
이를 따르는 바람결에 더 위대한 깃발

참으로 조국이라는 거룩한 이름
하나의 하늘 아래서
청량淸凉한 바람결 곁에 두고
오늘도 그토록 힘차게 펄럭여 주십니까.

끝나야 할 서해교전

지난 7월 14일
서해상은 초비상사태 돌입
북방한계선을 침범했다 퇴각한 북한경비정
2년 전 6월 29일 서해교전 당시
우리 참수리 경비정을 선제 공격하여
6명 전사, 18명 부상을 입힌 북한경비정
또다시 공격을 감행해 온다면
이젠 과거처럼 당하지 않을 것이다
전우들과 부하들을 잃은 우리 장병들의 슬픔
당해보지 않은 자들이 말은 왜, 그렇게 많은가

바다에는 전선이 보이지 않는다
해무가 짙게 깔린 서해상에는
아직도 교전은 끝나지 않아 포문을 열고있다
그 동안 몇 차례 남북 장성급 회담이 열려서
핫라인을 설치하며 상호충돌을 막자고 했지만
반세기동안 쌓인 앙금은 아직도 가시지않아
장산곶 인당수 거센 파도는 잠잠해지지 않으니…,
한 맺힌 겨레의 슬픈 역사는 언제나 끝나려 하는지

이 나라 정치 고관들이시여 !
교신내용 보고 누락이니,
통수권자의 지도력과 관련된 엄중한 사태이니…,
서로가 서로를 불신하며 우리끼리 입씨름 하지말고
근본방지책을 세우고 장병들의 사기 북돋울 방안 생각해보자
왜, 6.29서해교전 2주년 추념식에 한 사람도 참석치 않았는가

지금 이순간에도 서해상에서
남북한 함정들은 초비상사태에서 대치하고 있다
어찌하다가 우리는
전선도 없는 바다에서
고기도 마음 놓고 잡지 못하게 감시해야 하나
어이하여 우리는
피맺힌 통한의 서러움을 품은
백두산, 한라산만 불러 되느냐
서로가 서로를 간절하게 부르며
서로가 서로를 처절하게 손짓하며
너무나 너무 긴긴 세월 울어왔다

무심한 인당수야!

너조차 목이 쉬어 울지 못하고
가슴아파 파도만 일게 하느냐
이럴 수만은 없다
끌어 당기고 떠밀어
슬픈 역사의 시대착오적
불신의 수렁에서 벗어나자
정녕 이럴 수만은 없다

우리들 한라산, 백두산이
신뢰의 의지를 키우고
한 맺힌 어부들의 아픔을 안아주자
그들에게 고운 손길 뻗쳐서
서러운 가슴을 따뜻하게 어루만지는
만선의 깃발 휘날리는 기쁨 듬뿍 안겨주자

이제는 제발
통일호의 뱃고동을 울려
한 맺힌 남북한 어부들이
서로 꼭 껴안고
환한 풍어의 기쁨으로

뱃노래를 한껏 부르게 하자

"백두산, 백두산 여기는 한라산
한라산, 한라산 여기는 백두산
귀국의 감도 양호하며 잘 알아 들었다"

한 맺힌 6.25 그 누가 아시나요

한반도의 허리가 부러지는 굉음
폭음과 섬광이 난무하던 54년 전 6월 25일
잊을 수 없는 그날의 새벽은…,
생명을 잉태하고 영혼마저 적시는
어머니 같다는 6월의 평온하던 금수강산
백 천의 포탄에 찍혀 벌겋게 벗겨져
좌절과 분노의 감정이 나뒹굴었다

먼 길 따라 걸어온 아픈 역사의 교훈은
아직도 우리들에게 넉넉한 가르침을
주지 못한 채 분단의 불볕 더위 타고
남과 북의 구석구석을 넘나들고 있다
고향을 등지고 정처없이 떠나야했던 피난길
유월의 뙤약볕은 따갑다 못해 아팠기에
몸서리치던 아픔을 겪었던 사람들이라면
어찌 땅을 치고 통곡하지 않았겠는가 !
6.25전쟁은 잊혀진 역사의 단면이 아니라
우리와 함께 살아온 민족의 최대비극이며
고요한 새벽을 뒤흔들었던 유월의 아픈 역사는
삶에 대한 욕망과 생명마저도 멈추게 강요하며

굶주림에 지쳐있던 처참한 우리민족의 자화상이다

아아. 그때 그 순간!
반세기가 지난 오늘도 그때 그 고지에서
장렬하게 숨져간 젊은 청년들의 육신이
전설 같은 슬픔을 안고 피어난 들꽃이 되어
가슴에 묻고 간 지을 수 없는 통한과 회한 품고
그날의 아픔을 어루만지며 우리 곁으로 다가온다

국민전체의 75%에 달하는 전후세대들에게
이 역사의 아픈 교훈을 어떻게 각인 시켜
그 세대가 또, 그 다음 세대에 기억되도록
올바르게 교육시켜야 할 숙명적인 과제인데
그것이 그렇게 쉽지 않으니… 허허, 참!
오늘도 조국의 하늘은 맑고 산야는 푸르며
강물은 유유히 여기까지 흐르고 있는 것은
목숨 바쳐 조국을 지켜온 호국영령들의 덕분이다

그때 격전지, 벌겋게 벗겨졌던 고지에
말없이 서 있는 고목에 뚫린 탄흔은

아직도 서러움 안고 그대로 남아 있는데…,
부모형제의 생사조차 모르는 이산 가족들은
제발 살아있다면 한번만이라도 보고 싶어 애태우며
"누가 이 사람을 아시나요"란 팻말을 들고 서 있다
한 맺힌 6.25, 그 누가 아시나요
다시는 이땅에, 다시는 우리에게
한 맺힌 전쟁의 역사는 절대로 있어서는 안된다.

낙동강전선 애화哀話

54년 전에는
꽃 같은 젊음이었을 텐데…,
밀고 밀리던 낙동강전투를 증언하는
6.25전쟁 유해발굴작업현장
어찌하여,
우리는 반세기동안
고향을 찾지 못하는 영혼들을
흙 속에 버려두어야 했단 말인가

나무뿌리인지, 유골인지
국군인지, 북한군인지
군번도 받지 못한 학도병은 아닌지
남북한 형과 아우의 유해는 없는지
눈으로 봐서 쉽게 분별하기 어려운
슬픈 역사가 묻혀있는 유해발굴현장
6.25전쟁은 절대로 잊어서는 안될
우리민족의 아픈 역사이기에
싸워야 했던 문제의식이 무엇인지
어떻게 전후세대들에게 가르칠 것인가

개구리가 시끄럽게 울어대면
전쟁 때 숨져간 군인들의 원혼冤魂이
구슬피 우는 소리라 알고 있는
피맺힌 낙동강 전투지역에 살고있는 주민들
그때의 참상을 애써 말하고 싶지 않는 것 같다

1950년 7월 29일, 낙동강전선
사수死守 할 것인가, 포기 할 것인가의 기로에서
의연한 의지로 사수명령을 내리고 죽음을 각오
낙동강전선을 방어했던 용감한 우리국군
고지마다 주검이 쌓이고
시체를 장애물로 삼아
싸우고, 또 싸웠던 낙동강 전투
"지옥의 모습이 어떠한지는 모르나
이보다 더할 수는 없으리라 생각한다"
작전을 지휘하던 사단장의 기막힌 표현
주검이 산을 이루고 피가 강물 되어 흐르던
낙동강방어선의 격전지였던 유해발굴현장

지금은 너무 평온하고

봄이 깊어 가는 시골 마을 뒷산
여기에 6.25전쟁 때
국군의 유해가 묻혀 있다는 사실
〈나무뿌리 같은 유골도
전쟁이 일어나기 전에는
꽃 같고 별 같은 젊음이었을 텐데…,〉
"전우야 잘 자라"
그때 불렀던 군가의 가사 내용이다

다시는 우리에게, 다시는 이 땅에
동족상잔의 처참한 전쟁은 있어서는 안 된다
전우야 잘 자라, 원통해서 울고만 있지 말고
이젠, 고이고이 잠들거라
그대들의 희생은 청사에 기리 빛날것이다.

*6.25전쟁 유해발굴현장을 찾아서

추억의 물가엔

짙은 안개 산골을 메운 38도선
허리가 부러지는 폭음과 섬광이
한반도의 고요를 뒤흔들었던 새벽
오늘은 54주년 6.25전쟁 추념 일로
국립묘지에는 백발의 참전 용사들이
휠체어에 몸을 의지한 채 통곡하고있다

6월은 잔인한 달인가
과연 희망을 가져 다 줄 달인가
반세기의 세월에 퇴색된 6.25전쟁
망각 속에서도 추억의 물가엔
처참하게도 조국의 산야가 불타고
황토 빛깔로 벗겨졌던 능선에는
아직도 삭일 수 없는 통한과 회한이
사라지지 않은 채 산야를 맴돌고있다

아아, 잊을수없는 그때 그 순간
새벽의 고요를 뒤흔들었던 아픈 역사
반세기가 지난 오늘도 지을 수 없는
억장이 무너져가는 피맺힌 망부곡에

청상에 발목이 잡혀 울음 터트리고 있다
잔인 무도한 남침에 속수무책 당해야만 했던
무기력하고 안일한 국방정책도 문제이지만
가난에 쪼들리고있던 당시의 국가경제도
그 침략을 막기에는 역부족이었으니…, 그러나
조국의 위기를 몸으로 막고자 예견된 죽음에
스스로 뛰어든 젊은이가 어디 한둘 이었겠는가
"이몸이 죽어가서 나라가 선다면 아아, 이슬같이
죽겠노라…" 전선으로 가면서 국군들이 불렀던 군가다

자기자신만을 위해 태어난 삶이라고 생각하는
희생과 봉사가 없는 얄팍한 생은 의미나 가치를
부여할 수 없다는 덕목을 후세들에게 가르칠 때이다
이제는 그 아픔을 겪었던 고희를 훨씬 넘긴 세대들
그들이 가고 나면 누가 조국의 안보를 걱정 할 것인가
안보정책은 국시의 제일 중요한 과제로 삼아야 하고
준비되지 않은 국방력으로 아픈 역사를 되풀이 않도록
미리미리 준비하고 다지면서 우리조국 지켜나가야 한다.

*54주년 6.25전쟁 추념 일을 보내면서(2004.6.25국립묘지에서)

서해에서 들려 온 소식

백두산 백두산 여기는 한라산
한라산 한라산 여기는 백두산
아국의 감도는 어떻습니까
귀국의 감도는 양호 합니다
6.29 서해교전 2주년을 몇일 앞두고
서해에서 이뤄진 남북 함정간의 교신 내용
반세기 만에 이뤄진 남북 해군간 화해무드

이제, 한라산 백두산 두 함정은
양자가 비방하며 함포를 쏘지 않으리라
서로가 서로에게 미워하지 않으며
신뢰하고 사랑하면서 형제애 나눌 테니까

이제, 백두산 한라산 두 함정은
망망대해에서 세찬 비바람 맞지 않으리라
서로가 서로에게 생떼를 쓰지 않으며
어려움 맞을 때 방패막이 되어 줄 테니까

이제, 한라산 백두산 두 함정은
공포의 대상으로 무서워 하지 않으리라

서로가 서로에게 원한을 품지 않으며
남북한 어부들의 고기잡이배 길잡이가 될 테니까

이제, 백두산 한라산 두 함정은
그대들의 기지로 돌아가 통일을 준비 하리라
서로가 서로에게 겨레의 소망을 건네주어야 함으로
다같이 평화를 심으며 통일의 노래 불러야 할 테니까

역사 반세기 너무나 서러웠고 많이 울었다
다시는 이 땅에, 또다시 우리에게
동족상잔의 피비린내 나는 전쟁은 있어서는 안 된다.

님께서 가신 그길

"님께서 가신 그~길은
영광의 길이였기에…",
어릴 때 들었던 노래 말 이였는데
반세기가 넘은 세월에 퇴색된
길은 누가 빛나게 복원해주리…,
6.25를 한 달 앞둔 오늘도
전사자 유해발굴 작업은 계속된다

"바로 여깁니다
언뜻 보면 나뭇가지 같지만
자세히 살펴보면 사람 팔뼈라는 것을
알아차리며 눈물을 짓습니다"
작업현장 군인들의 울먹이는 말이다
형체를 알 수 없을 정도로 부식되게
50년이 넘도록 땅속에 버려두었으니,
그래도 오늘을 사는 정신 못 차린 사람들
양심적 병역거부자를 무죄로 판결해도 옳다고…,

이 땅이 어떤 땅이며 어떻게 지켜왔는가
저 산야가 푸른 의미는 무엇인지

알고있는가, 진정 알려고 노력했는가
6.25전쟁이 끝난지 어언 반세기
참전 전사자중 시신을 찾지 못한
십만 명이 넘는 호국 용사들
국립묘지에 위패로 모시고 있다
이 사실 알고 있는 자 몇 명이나 되는가
또다시 이땅에 전쟁이 발발한다면
그 누가 조국을 지커야 한단 말인가
묻고 싶구나, 분명히 대답해보아라

님들이 떠난 고향에 홀로 남아 있는
사랑하던 낭자들은 수절한 채
고희를 넘기며 기다리다 지쳐서
통곡타가 목마저 막혀서 주저앉아
이 세상 원망하며 실신 상태로
이승의 만남을 포기하고
저승에서 상봉을 기다리고 있다

분명히 청사에 빛날
"님께서 가신 그~길은

영광의 길이였기에…",
잊지 말아야 할 우리들의 사명은
양심과 종교도 좋지만 국방이 우선
이땅, 우리조국 대한민국, 코리아는
우리가 지켜야 한다, 목숨 다 바쳐서.

제4부
흔들리지 말아야지

흔들리지 말아야지

이세상 바르게 살아가야 한다
바람부는 대로 휩쓸려 따라다니고
자기에게 이익이 되면 손들어 주며
우리 편에만 무조건 박수 친다면
국가이익은 누가 챙겨야 한단 말이냐

세계는 빠른 속도로 변해가고 있는데
눈을 부릅뜨고 먼 앞을 내다 보지 못하면
그 누가 냉엄한 국제사회 헤쳐나가도록
길잡이 역할을 해준단 말이냐
집권자도 정치하는 선량들도
바람불어와도 흔들리지 말아야 한다

바람이 분다고 흔들려서
중요한 나라일 망쳐서는 안 된다
데모대가 고함지르며 화염병 던진다고,
유권자들의 한 표만 의식 한다면…,
자유민주주의체제 무너진다고 생각해 본적이 있느냐
참되고 뜨겁게 불을 지펴 올바르게 세상 밝혀주고
민생들 따뜻하게 안아주며 걱정 없이 살게 해야 한다

저렇게 방향감각 잃고 정신없이 끌려 다니다가
국가생존경쟁에서 패배한다는 사실 알지 못하면
세계인들이 나아가는 대열에서 갑자기 쫓겨나
헤어날 수 없는 후진국으로 전락하게 될 것이다
그래도 국익을 외면하고 자기이익만 챙길 것인가
대다수 국민들은 허탈감 속에서 한숨 몰아 쉬며
먼산만 쳐다보면서 나라의 앞날 걱정하고 있다.

8월이 준 잊을 수 없는 사실史實

망각忘却 속에서도
추억의 물가엔
억울하게 숨져 간
무명으로 묻힌 넋이 있다

남태평양 밀림 우거진 외딴섬
푸른 잎새에 아로새겨져
흘러내리는 붉은 핏방울
독毒 묻은 버섯처럼 빛깔 선명히
전쟁의 상흔傷痕 지워지지 않은 채
아직도 밀림 속을 떠돌며
그날의 상처를 잊지 못하고 있다

나라 잃은 슬픔 안은 채
강제로 끌려간 남태평양 머나먼 섬
청춘을 빼앗긴 한恨을 안고
이름 없이 떠도는 외로운 넋
슬픔으로 맑아지면
남쪽 하늘의 십자성이라도 되어라

포신砲身을 길게 드리운 채
녹슬어 있는 탱크, 야포의 잔해殘骸
밀림 무성한 그 곁에는
일본군 영령을 위한 위패도 꽂혀있다

그 참혹한 전쟁에 강제로 동원되어 숨져간
우리젊은이의 수도 수 천명에 달한다고 하니
누가 이 참상을 파악하고 위로 할 것인가
지난 세월의 아픔이 흩어져
불행한 자국으로 남긴 잔해
비탄悲嘆의 못 물에 젖어
이름없는 꽃들로 피어나는데
태평양전쟁의 아픈 세월이 짜내는
한 맺힌 우리 젊은이의 넋이여!
발가벗은 육신 속으로 스며드는
평화를 갈망하는 애달픈 기도 소리
밀림 속으로 메아리 쳐 흐르고있다

반세기가 지난 지금에 와서
우리는 친일파 조사도 중요하지만

그 보다 앞서 해야 할 중요한 일은
역사를 의미 있게 헤쳐 나가야 한다
사라져가는 순간적인 세월의 아픔을
사실 그대로 느낄 줄 아는 자 만이
역사와 가장 밀접하게 교감交感 하는
선택의 자유를 받아들이기 때문이다

피와 땀과 눈물로 얼룩신 전쟁터
고인 눈물로도 씻을 수가 없었던
반세기가 넘은 한 맺힌 긴긴 세월
뿌리 뽑힌 영혼 속에 떨면서
정처 없이 떠돌고 있는 슬픈 역사
국가적 차원에서 서둘러 해결 할 문제다.

멋진 젊은이

어스름한 새벽 안개 속에서
바다를 깨우는 젊은이들의 함성
저 멀리 수평선 위에 힘을 실었다

휘날리는 태극기
고무보트에 달아 조국애 새기며
다짐하고 다짐한 젊음의 끓는 피
싸워서 이기리라, 정의와 자유 위해…,

숨골을 죄이는 세찬 바람도
넘치는 열정으로 불사르며
눈앞을 가리는 칠흑 같은 어둠도
가슴에 품은 필승의 신념으로
돌격 앞으로, 승리를 위해 적진 속으로…,

울러 퍼지는 조국애의 절규만큼
필승의 신념은 해병 혼의 기치여라
가슴 속에 새겨놓은 싸우면 이기는 신화
전우애로 피어나는 조국수호의 불사신
영원토록 지키리라, 우리조국 대한민국을…,

누구나 갈수 없는 우리가 택한 험한 길
싸워서 이기는 무적해병, 귀신 잡는 해병
망망대해에 젊음을 띄워 물결 가르면서
하늘에 맹세하고 밝은 달에 미소 지으며
반짝이는 별에 믿음 굳게 바치는 젊은이
이들은 한번 해병은 영원한 해병들이다.

8월의 미로迷路

올해도 어김없이 8월이 찾아왔기에
마음 다하여 광복의 교훈 되새기며
반세기 흘러간 지난 세월 음미해본다

동족상잔의 피비린내 풍기던 6.25전쟁
배고픔의 고통과 슬픔 딛고 살아오며
얼마나 발버둥치며 몸부림쳐 왔는가

배움의 열정으로 때묻은 고사리 손에
몽당연필 움켜쥐고 문맹 서러움 씻으며
억척같이 잘살아 보자고 외쳐 왔는데…,
반세기의 세월이 그려놓은 자화상은
혼돈과 불신만이 첩첩이 쌓여 있을 뿐
값진 교훈과 기쁨 넉넉히 주지 않는다

우리는 여기까지 어려움 딛고 왔으니
실망도 자만도 절대로 할 때가 아니다
희망의 물결이 넘실대는 밝아오는 미래
슬픔과 고통 이기며 억척스럽게 살아온 길
거기엔 피나는 노력과 꿈이 아로새겨진 채

대한민국의 혼이 힘차게 꿈틀거리고 있어
메마른 한반도의 심장에 갈증 풀어줄 것이다

밝은 태양처럼 가슴 벅찬 찬미를 노래 할 때나
좌절의 어둠 속에서 땅을 치며 만가 부를 경우도
민족의 환희와 통한이 온 몸을 적셔왔기 때문에
여기엔 용솟음치는 코리아의 강한 힘이 숨어있어
풍성하고 시원한 바람 불어오길 손 꼽아 기다린다

누구나 자신의 이익과 자존심 없을 수 있겠는가
앙금진 세대간, 계층간의 갈등 어서 걷어 제치고
이젠 사랑과 용서로 서로 얼싸안아야 할 때가 왔다
자유, 평등, 인권, 양심, 민주화운동 다들 모르고 있겠느냐
모두다 중요하지만 지금은 화해와 협력, 희생이 우선이니
지금까지 고통 이겨온 우리들의 값지고 질긴 인내심으로
반세기 흘러온 역사 속에 훨훨 타는 애국심으로 승화시켜
민족분단의 장애가 되어온 저 높은 장벽 무너뜨려야 한다

먼 통일의 길

어디 한번인들
흡족히 바라보았으리
내 삶의 모두는 총칼을 세워 자유를 찾고
다른 마음은 북을 향해 달려가던 마음
화해의 무드를 타고 남북이 문을 열 것 같았지만
문틈으로 보이는 것은 아직도 없다

조국은 낮과 밤 두 동강이로 잘린 채
푸실푸실 떨구는 통일의 속살
그대로 드러낸 벌거숭이 언어로 다가오고
기다리는 마음은 길었더니라

조국을 위한 사명감使命感 때문에
조국이 하나 되는 땅을 위해
반세기가 넘는 인습因習과 물굽이에 얹혀
일련의 의지를 결정한 통일의 이름
상처로 남은 자의식自意識의 모멸侮蔑이여
시간은 헛되이 마냥 흘러가고
세월은 이처럼 한아름씩
못 견디는 바람 앞에 서서

철조망 가시처럼 따갑구나

구국의 일념으로 용감히 싸우며
조국을 목놓아 불렀던 용사들의 절규絶叫
아직도 지워지지 않은 채
살아 있는 영혼의 상처들
산등성이를 따라 돋아나지만
통일은 불볕 타고 온 아지랑이로
아직도 가물거린다.

세월이 주는 선물

내일은 오늘보다 달라지겠지
내일은 오늘보다 나아지겠지
그렇게 알면서 살아가는 우리들…,
세월이 인간에게 주는 선물은
과연 무엇이라고 여겨지는가

세월 속에 묻혀있는 사건들 중에
시간이 지나면 잊혀지기 싶고
하늘이 무너지는 슬픔과 뼈를 깎는 아픔도
물질적 변화와 정신적 정체로
사라지고 퇴색하게 마련이지만
그 바래진 색깔 뒷편에 숨어있는
옛날이라는 단어는 때때로 생각나게 된다

내가 상하의 나라 정글에서 전투시
고막을 찢을 듯한 폭탄투하 굉음을 들으며
생生과 사死의 갈림 길에 서서 느낀점은
다시 옛날이라는 단어를 생각하리라고는
꿈에도 떠 올리지 못할 것이라 여겨졌다
그런데 어떻게 된 일인지

오늘도 나는 옛날이라는 단어로
시詩를 쓰며 오늘을 보내고 있다

행복을 의미하는 복福은
참 좋은 운수 일수도 있기에
하느님의 축복을 받은 상태를 말하지만
그토록 넓고 아름다운 심성이라면
나는 어쩔 수 없이 오늘을 살고 있지는 않겠지
바로 이것이
세월이 인간에게 준 선물 일 것이다

오늘의 어지러운 사회가
국민들을 슬프게 끌고 가며
발버둥치며 내일을 걱정하게 하지만
세월은 우리들에게 기다려 달라는
명령을 내리고 있지않는가
숨을 멈추고 기다릴 수는 없다
그래서 어쩔 수 없이 한숨 지으면서
내일은 오늘보다 달라지겠지
내일은 오늘보다 나아지겠지

그렇게 알면서 오늘을 살아가고 있다.

독도는 우리 땅, 우리의 별

동해의 거센 파도
부서져 자리잡은
천혜天惠의 땅
여기는 분명히 우리의 보고寶庫
대한민국의 영토,독도다

독도를 지키는 젊은이들이
역경에 불을 밝혀
늠름한 모습으로
더 자랑스럽게 자리를 잡았다

자랑스러운 대한민국의 젊은이들아
이땅, 천혜의 보고
대한민국의 땅, 독도를 굳게 지켜
끝없이 뻗어나가
별처럼 반짝이며
빛의 빛이 되어라.

*독도를 다녀와서

슬픈 그날의 시詩

음력 이월 초이틀은
어머니 떠나시던 날
눈보라 치던 매서운 겨울날씨
봄 햇살이 내려 쪼일 듯 했지만
기상예보는 빗나가 버렸으니…

그날 제주대학교 학군단 임관식에 출장
임석상관으로 행사 중 비보를 접하고
행사직후 고향으로 떠나 갈려고 했는데
폭설로 비행기가 갈 수 없다는 걸 어떻게 해

우리어머니 95세까지 장수하셨지만
평생 사시면서 호강 한번 못 하시면서도
이젠 눈을 감아도 여한이 없으시다고
자식 장군 되고 사령관 오른 것 자랑 하셨단다

우리의 옛 어머니들
손톱에 매니큐어 한번 발라보지 못하고
한 맺힌 고통 속의 세월을 보내시며
남편 내조하고 자식사랑을 생활 덕목으로

세월 속에 묻혀서 나날을 보내신 것 알지만
효도孝道 한번 제대로 하지 못하고 떠나시게 한 죄
이제 와서 어떻게 보답 해 드릴까
효孝는 백행百行의 근원根源이라지만
떠나신 후 발버둥쳐도 아무 소용없는 짓

군인의 길 핑계삼아 무관심도 했지
어머니 어머니 엎드려 밤새워 통곡하며
불효자식 가슴 치며 울고 또 울었지만
어머니는 꽁꽁 언 북망산천北邙山川 선영先塋으로
한 마디 대답 없이 떠나시던 날
가슴치고 통곡하며 후회했지만
어머니 떠나시던 그날은
눈보라 치던 매서운 겨울날씨

오늘이 어머니 떠나시던 날이 였기에
엎드려 사죄 드리며 어머니 떠나시던 그날
12년 전 슬픈 그날의 시를 쓰며 눈물 쏟는다.

한밤중에 쓴 기도문

밤은 점점 깊어 가는데
열광의 함성으로 잠 못 이룹니다
아테네에서 땀 흘리는 태극 전사들에게
그 동안 흘린 땀과 눈물의 결실 가져오라고
나는 기도문을 가슴 속에 쓰고 있습니다

전능하신 주 하느님!
태극 전사들에게 지혜와 용기를 주소서
제가 간절히 기도하는 것은
욕심이 많아서 청하는 것이 아니라
우리 아들 딸들이 최선을 다하게 일러주고
인내심을 가지고 노력의 열매를 얻도록 기구하며
나침반의 바늘이 항상 북쪽을 가리키듯
한결같이 승리의 가치를 가슴 속에 간직하게 하고
무엇보다도 건강 잃지 않게 두 손 모아 기도 합니다

행복은 하느님이 주시는 좋은 선물입니다
우리모두가 행복해야 할 때가 바로 지금이고
태극 전사들이 행복해야 할 곳은 아테네이며
행복에 이르는 길은 사랑하는 조국 대한민국이

그리스 아테네 올림픽에서 승리하는데 있습니다
우리 모두가 오늘의 행복을 마음껏 누리게 하고
내일의 행복을 영원히 잃어버리지 않도록 해주소서

오! 필승 코리아를 목청 높여 외쳐봅니다
그 외침 타고 기쁨이 몰려 오고 있습니다
밤새워 집집마다 웃음이 흘러 나오기에
내일에는 즐거운 삶이 시작 될 것입니다
승리의 즐거운 느낌은 좋은 약의 효과와 같지만
패배의 절망은 뼈를 깎는 고통이 될 것입니다
열광하는 승리의 기쁨은 벌꿀의 맛과 같아서
영혼을 달콤하게 하고 뼈를 튼튼히 해 줄 것이기에
가장 행복한 순간이 되도록 다시 승리를 안겨 주소서

욕심이 너무 많아서 불의의 승리를 얻는 우를 범해
스스로를 멸망하게 하는 불행을 가지지 않게 해주소서
어떤 즐거움은 죽음보다 더 큰 괴로움이 될지도 모릅니다
주님의 기쁨은 우리모두의 가슴에 가득찬 행복일 것입니다
한밤중에 값진 승리를 안겨주신 주님께 감사 드립니다.

작은 틈새가 보여준 교훈

1912년 거대한 호화 유람선 타이타닉號
침몰사고는 세상을 놀라게 했으며
영화화되어 이미 상영된 적이 있다

300미터 길이의 거대한 타이타닉호
1500명이 익사한 대형 해난사고는
최근에 조사된 침몰의 또 다른 이유가
새로이 발표되어 세계의 이목을 끌고있다

선체 옆에 큰 구멍이 생겨 침몰했다는
종전의 주된 침몰이유가 완전히 뒤집히고
비교적 작은 틈새들이 여섯 개나 있었다고…,
이 작은 틈새가 대형 해난사고를 일으켰단다

우리가 쉽게 여기는 국가방위론
무심코 던지는 자주국방에 대한 주장
혈맹으로 이어온 주한미군의 과소평가
쉽고 안일한 사고의 국가안보자세는
당장에는 밖으로 나타나지 않겠지만
우리가 적의 침략을 받게 될 때나

국가적 위기가 닥쳐왔을 경우에는
그 위기가 더욱 곤경으로 몰고 가지나 않을는지..,
바로 해이된 국민들의 안보불감증이 우려 된다

이제부터라도 나라를 사랑하는 온 국민들
조국수호의 정신자세를 다시 한번 가다듬어
국가안보의 작은 틈새를 메워 나가야 되지않겠는가.

고목古木에 박힌 탄흔彈痕

백두대간 정상의 고목에 박힌 탄흔
백.천의 포탄이 오가던 처절했던 상황을
알면서 모르는 채 고개 저으며 홀로 서있는
총탄의 피멍은 아직도 아물지 안은 상처로
상상만 해도 가슴이 무너질 듯 하지만
그때 눈물겨운 용기가 숨어 있었는지도 모른다

적敵이 쏜 총탄을 그순간 막아주지 않았다면
전우가 대신 피 흘리며 쓸어졌을 텐데
그때의 피멍이 둘레처진 고목에는 아직도
살아 남은 전우에 대한 연민이 통하는 것 같다

그 전우 지금 살아있다면 고희도 넘었을텐데
한번쯤 젊은 시절 한 맺힌 전투상황 회상하며
전장의 잔해殘骸 속을 찾아 헤매어 다니다가
숨차면 산사山寺의 종루鐘樓에 앉아 쉼 호흡하며
서리 발 하얀 풍경風磬 구슬프게 울려 보고
지금 내가 어떻게 인생 항로를 걸어 왔는가
아직도 갈 길은 얼마나 남았는지 헤아려 볼것이다

죽어가는 세포들의 애처로움 보다
겨울 모닥불 같은 호국의 애국불꽃이
더 낳지 않겠는가도 음미吟味해 보면서
이몸 불살라 그때 숨져간 전우들을
구할 수 있었다면 얼마나 좋았을까
통한의 눈물 지으며 죄책감 느낄 것이다.

노병의 꿈

화랑담배 나눠 피우던 전우戰友여 !

백百·천千의 포탄 날던 황토 빛 고지
아비규환 전장의 까마귀 울음 소리
전승戰勝의 기세氣勢 올리던 전우들의 함성
빗발 치던 포탄 속을 뚫고 뛰던 기백

지금까지 살아 있다는 죄책감 속에
이마에 주름살 늘고 하얀 서리 내려
변두리로 떠밀린 만년의 황혼 길
청춘의 꽃잎 지니 나무 잎도 시드는 가보다

그렇지만 지금도
몸을 태워 세상 밝히는
촛불의 지혜로
우리 조국 대한민국 향해
구국救國의 일념으로
거수 경례... 필승必勝. 충성忠誠! 변함 없어
오, 나의 조국. 대한민국, 영광 있으리

동방의 밝은 등불
사랑하는 우리 조국
하나되는 남·북 통일
뻗어 나가는 세계화에 동승
부강한 선진경제대국건설
노병의 꿈이요. 바람이기에
역전歷戰의 노병老兵들, 여느 때나 다름없이
애국하는 마음으로 나라발전 기원하며
지는 노을 바라보며 미소 짓는다.

실향민의 노래

실향민의 노래 — 최전방 애기봉에서

저 흐르는 물소리는
임진강과 한강이 만나
통일을 갈망하는 실향민의 노래다

전하려는 그 노래
여기저기 날려보내고
떠라버린 후에도

가만히
귀 기울이면
허공으로 날아가버린
구슬픈 아쉬운 곡조다

새들이 강을 건너 날아간
그 자리 흔적에
노래는 사라지고
여름 내
나뭇잎들은

녹색 그리움으로 물들인다

단풍잎이 물든
어느 가을엔
떨어진 나뭇잎이
강물따라 흘러가지만
그리운 님의 음성이
희미하게 들리는 것 같아

나도
저 새들처럼
님이 있는 곳으로 날아가는 날을 기다리며
통일의 노래 부르고 있으리라

만남의 기도

여기는 경의선 도라산역
정결한 통일의 불빛
북녘 땅에 비춰주게 하소서
묵념의 여윈 캄캄한 땅에
자유의 바람이 불게 하소서

먼지 부옇게 쌓인 채
기적도 울리지 못하고
잠자는 간이역
아찔한 산정의 높이로
아픔 쌓여 눈짓하는 도라산
가파른 통한을 가슴에 담았거니
애국의 이름으로 자란
흰 장미 가시로 찔러
아픔을 도려 내게 하소서

반세기동인 쌓아올린
통일의 염원 풀어 줄 경의선
인내의 고통이 즐거움으로 풀려
기적 울리며 신나게 달리게 하소서

어둠 한가운데 이렇게 서서
실의와 비탄의 손길로
환한 통일의 불빛 높이 쳐드니
눈처럼 하얀 옷 입고
남북 모두 새봄을 맞이 하여
한자리에 모이는 만남이 되게 하소서.

미래를 위한 준비

지구촌에서 일고 있는 화두는
알찬 미래를 준비하는 일이다

냉혹한 국제질서의 흐름 속에서
낙오되지 않고 살아남기 위해
필사적인 노력이 뒤따라야 하며
오늘의 핵심이념은 실용주의사상
현재위치를 주도 면밀히 분석하여
국가경쟁력을 점점 높이기 위해서는
지혜와 노력을 조화시켜 나가야 한다

1년 지나면 광복 60년이 닥치는데
가야 할 길이 먼 대한민국의 현실
지금 우리가 가는 미래의 방향은
세계의 흐름과 호흡을 같이해야 하며
통합적 리더십이 필요한 이시기는
불신의 요소를 과감히 없애야 한다

가난의 고통을 체험했던 전쟁세대
이들의 여생은 얼마 남지 않았는데

해결되어야 할 문제들은 쌓여있으니
이일을 어찌할고…, 가슴만 아파온다

우물 안 개구리식의 홀로 펴내는 아집
이제는 끝내고 바깥세상 내다보아야 한다
갈 길은 먼데 손에 잡히는 것이 없다면
의지와 능력의 조화가 되지 않았다 여기고
귀 열고 앞 내다보며 미래를 순비해야 한다.

포장된 내용물의 실체

우리가 이 세상에 태어나면서
하느님으로부터 받은 출생의 축하는 아마
예쁜 포장지에 쌓여진 "추억"의 선물 일 것이다

포장지도 아름답고 예쁘게 보이지만
그 속에 들어있는 값 있는 내용물은
더더욱 귀중품에 틀림없을 것이며
그 내용물의 실체는 "진실"일 것이다

"추억"은 역사의 뒤안길에 숨겨진 값진 보물이며
그 가치는 값의 높고 낮음에 있는 것이 아니고
우리가 얼마나 진실되게 인생을 살아갈 것인가
길잡이가 되고 방법을 소상히 가르쳐 주기 때문이다

요사이 우리들이 살아가는 삶 속에는
예쁜 포장지에 쌓여진 내용물의 실체가
무엇인지 선명히 알아 차릴 수가 없으니까
도대체 이런 삶의 모양을 어떻게 보아야 할는지
정치, 경제, 교육, 사회 등의 일각에서 포장된 상품 내용물을
제발, 우리 인간들이 좀 더 진실되게 선명히 포장 했으면…

진실이 허위로 포장된다면 우리인생도, 나라의 앞길도
험난하고 거칠어서 헤쳐 나가려면 허위가 앞을 막으니까

그런데 문제가 생겨 우리를 슬프게 하는 신작로상의 불장난
허위가 진실을 누르고 잘났다고 폼 내며 더 잘 살고 있으니
그 사실을 알아차리면서도 모르는 채 고개만 끄덕이는 사회현상
이렇게 살아서는 안 되는데 왜 소리 한번 지르지 못 하느냐…
답답하군.

해원解怨의 노래

오늘도 도라산역에서
경복호는 목메어 울고 있다
어쩌다가 너는
인파도 화물도 없는
잠자고 있는 역이 되었느냐

어이하여 너는
피맺힌 통한痛恨의 서러움을 품은
끊어진 철길을 낳았느냐
서로가 서로를 간절하게 부르며
서로는 서로를 처절하게 손짓하며
너무나 너무나 오래 울었다

무심한 산과 강아
나조차 목이 쉬어 울지를 못하고
가슴 따가워 멈칫멈칫 하는구나

새봄에 피어날 들꽃들아
푸르게 자라는 나무들아
너마저 숨이 막혀 웃지 못하고

고개 숙여 꿈을 저버리게 하는구나

이럴 수만은 없다
끌어당기고 떠밀어
슬픈 역사의 시대착오적
냉전의 수렁에서 벗어나자
정녕 이럴 수만은 없다
우리들의 만남의 의지를 키우고
잡초 무성한 막혔던 철길을 열어보자

우리에게 은혜로운 손길을 뻗쳐서
서러운 가슴을 따뜻하게 어루만지는
서로가 초대하는 만남의 길을 열자
우리에게 넓은 지혜와 용기를 주어
한반도를 환히 비춰 줄
높은 비전의 실현을 이루게 하자

이제는 제발 통일호의 기적汽笛을 울려
한 맺힌 이산離散의 가족들에게
서로 꼭 껴안고

환한 만남의 기쁨으로
해원解怨의 노래를 한껏 부르게 하자

제5부

국가 안보에는
비무장지대가 있을 수 없다

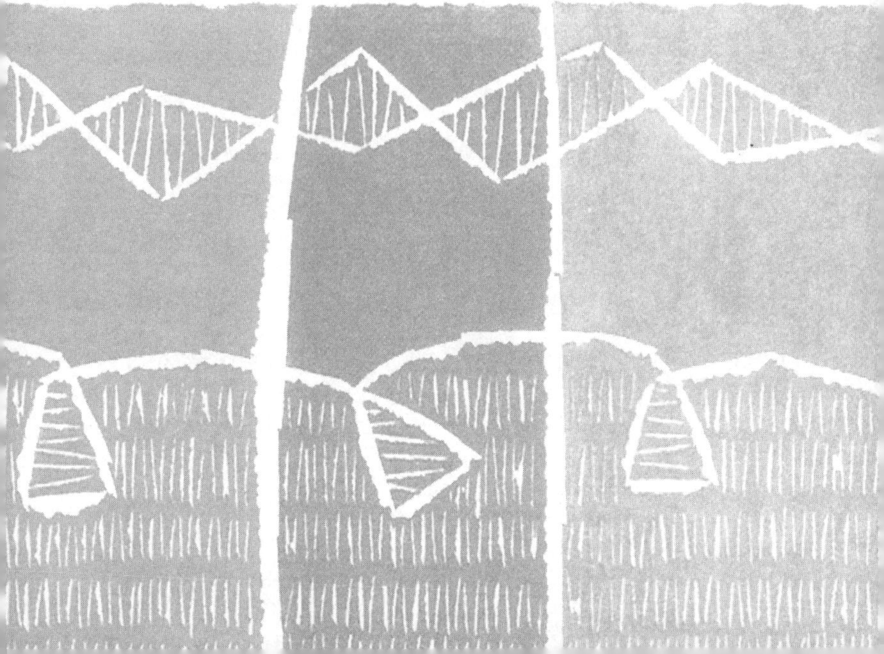

기쁨 안겨준 부름

세상에 태어나 가장 큰 보람과 기쁨은
푸른 유니폼 입었던 지나간 세월이다

내가 좋아서 입었던 푸른 유니폼이
나에게 준 가르침은 나라를 지키는 일
정의를 위해 바치는 거룩한 희생정신
조국의 부름에 쾌히 응하는 행동이다

나는 어디에 있었건 외롭지 않았고
항상 삶에 자신감 넘쳐 있었기에
어떤 어려움이 세차게 밀어닥쳐도
언제나 용기 잃은 때 없었고 든든했다

푸른 유니폼은 조국이 부여한 출사표이니
나는 푸른 유니폼 입는 그때 그 순간부터
조국으로부터 묘비를 받았다는 자부심으로
어디에 있건 조국의 부름에 기꺼이 응했다

내가 어려움을 당해 지칠 때가 있어도
기쁨 넘쳐 흐르는 승리의 순간 맞아도

푸른 유니폼 속으로 스며드는 조국애가
내 육신을 감싸주었기에 기쁘기만 했다

누구나 할 수 있어도 손쉽게 못하는 행동
어떤 경우에도 조국의 부름에 응답한 자는
국가와 국민으로부터 외면당해서는 안되며
잠들고 계신 호국영령들은 존경받아야 한다

만약 다시 이 세상에 태어날 기회가 있으면
푸른 유니폼 입기에 망설이지 않을 것이며
가슴에는 빨간 명찰, 머리에는 팔각 모 쓰고
조국의 부름에 맨 먼저 손들고 나설 것이다.

강한 집념의 승리자

뜻이 있는 곳에 길이 있다

중졸의 학력을 딛고 독학으로
행정학박사가 된 감동의 드라마 같은 삶
나는 당신을 존경하며 박수를 보낸다
지난 2월 20일, 밝은 빛이 비치면서
세상을 놀라게 하고 게으른 자들의 눈을 뜨게 했으니…

50세가 된 김세웅 무주군수가 그 주인공
주경야독 끝에 독학으로 박사학위를 취득한 날이다
박사학위 논문은 "농촌경제활성화전략에 대한 연구"
FTA로 실의에 빠진 농민들의 가슴도 어루만져 준다

이날 한양대학교 지방자치대학원 학위수여식장에는
연속해서 박수가 터져 나오며 환성이 울려퍼졌다 한다
12남매 중 11번째로 태어난 당신의 어린시절
중학교 졸업 후 생업에 뛰어 들었지만 배워야 되겠다는
미련을 버릴 수 없어 독학으로 배움의 전선에서 뛰고 또
뛰었다

남들은 같은 나이에 고등학교를 졸업 할 시 중학교를 졸업하고
16년 후에 모 고교부설 통신학교에서 고교과정을 마쳐야 했다
그 후 1995년 방송통신대학교에서 대졸학력을 따고
1999년에는 한양대학교 지방자치대학원에서 행정학 석사
과정을,
이색적인 이력서에 기재된 김세웅 군수의 학력 난…,

학위를 취득 후 김세웅 박사의 소감…
"부모가 자식 먹이고 입히는 것도 어려웠는데
학교 보내는 일은 생각도 못 했던 시절…"
그의 눈가에 맺힌 이슬은 인고의 눈물인가
벅찬 감격을 다스리지 못하는 서러움의 증표란 말인가

젊은 이들에게 당부하는 말…
목표를 세우고 이를 달성하기 위해 자신을
컨트롤 할 수 있는 강한 집념을 가져 달라고 조언한다
이 나라 위정자들이여!
우리에게도 훌륭한 인재들이 많이 있으니
그들에게 용기를 불어넣는 기회를 주어
 이 세상 밝게 비쳐주게 밀어주어야 되지 않겠소

하느님은 때때로 성령의 은혜를 내려 주시어
훌륭한 사람들이 태어나게 하고 계시는데
자기자신과 싸워서 이기는 자가 진정한 승리자이다
자기의 가장 무서운 적은 자신이라는 사실을 명심 하기를.

종착역을 향하는 모습

나는 작은 섬에서 태어나
개울과 바다가에서 물장구치며
멱감으면서 어린시절을 보내다가
바다가 좋아 해군사관학교에 입학했다
그것만이 입교의 이유가 전부는 아니지만…
작은 연락선을 타고 비린내 나는 부두를 떠나던 날
그렇게도 많은 눈이 펄펄 쏟아져 내렸을까…
헤어짐을 알리는 뱃고동 소리는 애간장을 태우고
푸른 바다 위를 날라가던 갈매기마저 무리 지어
이별의 아쉬움을 달래며 구슬피 울어 주었다

푸른 바다는 매일같이 나와 대화를 하고
규칙적인 생도생활은 젊음과 용기를 키우면서
나를 조국을 지킬 강한 군인으로 성장 시켰다
우리가 자란 시대는 왜, 그렇게도 몸서리치게
복잡했는지 도무지 알아 차릴 수 없었구나
광복을 맛보았지만 즐거움은 오래가지 못했고
남북의 이념갈등으로 6.25 불속으로 뛰어 들더니
4.19와 5.16혁명으로 이어지는 복잡한 격동기

그러나, 나는 씩씩하고 패기에 찬 해병소위로 임관
초급지휘자로 조국의 땅과 바다를 지키고 있었는데
자유월남 지키려 청룡의 일원으로 파월장정에 서야만 했다
2차에 걸친 33개월 간 정글 속을 헤매던 무더위 싸움터
내 젊음은 땀으로 흠뻑 절어 향수에 몸부림 쳤으며
7년간의 긴긴 장정을 끝내고 개선 귀국한 대한민국해병대
누구의 잘못인지 해병대사령부가 없어지는 아픔을 안고
집 없는 철새가 되어 구심점을 잃고 헤매어 다녀야만 했다

나는 36년간 입었던 푸른 제복을 벗은 지가 10년이 다가오는데
자식 키우고 대학에서 강의하며 일에 몰두하던 나와 아내는
인생의 종착역을 향해 달리면서 60대가 넘은 간이역을 지나고
일에 지치고 책과 씨름하고 문학에 도취되어 콤퓨터 자판을
두들기며
어지러운 세상 속에서 미치고 또 미쳤기에 주름과 하얀
서리가 내리고
육신 속으로 파고 들던 골병骨病은 이제서야 고개를 들며
체력도 한계에 달하여 국립묘지 가는 예행연습을 하기도 한다
그래서, 가지고 있던 욕심, 이제는 버려야 할 때가 왔는데
다 버리고 난 후에는 무거운 짐 없어져서 가벼워 지겠고

그때는 그 욕심도 썩어가고 벌레가 파먹기 시작하겠지…
나는 오늘도 떠나가는 외로운 겨울 산을 바라보면서
해지는 노을자락에 앉아 종착역을 향하는 내 모습 그려본다.

자이툰의 깃발

어리석은 독재자의 아집 때문에
포연砲煙과 섬광閃光으로 꽉 채워져
기氣도 혼魂도 다 빼앗겨 버린
고대문명의 아름다웠던 문화유산
성스러웠던 문화도시는 폐허가 되어버렸다

지나간 전쟁의 역사는
강사와 악사간 힘의 틈새를 비집고 일어신
잃어버린 무모한 지혜의 소유자가 쓴
일기장에 불과하기에
지나가버린 역사가 슬프다고
얽매여 울고만 있어서는 안 된다

거센 모랫바람 맞으며
슬픔과 두려움 안은 채
첨단문명으로 치러진 전쟁의 증인들
피와 땀과 눈물로 씻을 수가 없어
뿌리 뽑힌 영혼 속에 떨면서
어쩔 수 없이 오늘을 살고 있는 것 같다

그기 그곳에
짙은 올리브 향기 뿌리려
대한민국의 젊은이들이
평화와 재건을 위해 먼저 간
서희.제마 형제와 만나려고
이라크 모래언덕 위에
자이툰의 깃발을 꽂으려 떠난다

우리의 젊은 코리언들은
끊어진 도로를 연결 자유로이 왕래하게 하고
쓸어진 송전탑을 세워 밝은 전기가 들어 오게 하며
막혔던 수도관을 뚫어 시원한 물을 마시게 해
전운戰雲이 감돌던 사막에 반짝이는 새벽 별이 뜨고
혈흔血痕이 낭자狼藉 했던 모래 언덕에서도
밝은 묵시默示의 새 아침을 맞게 할 것이다

가자, 어서 빨리
하늘이 트이는 건강한 지축地軸 위에
찬란한 서광曙光만을 섬겨
거기 멸하지 않는 고대문명의 씨앗을 다시 뿌려

서러운 오늘을 바로잡는 예쁜 꽃을 피우게 하자

그리하여
우리들의 귀한 땀 흠뻑 흘리고
돌아오는 그날에 밤하늘 쳐다보며
반짝이는 별과 대화도 나누면서
꿈처럼 아름다운 미래를
중동의 사막 위에 값지게 심어
어두운 눈을 뜨게 하였다는
가슴 뿌듯한 승리의 노래 부를 것이다.

젊음을 돌려줘

〈마이클 무어〉 스타일로 말하면
"이봐, 내 젊음을 돌려줘!" ….
군사문화라는 용어가 세간에 등장
푸른 유니폼에 절은 젊음의 흔적이
지워지고 있으니 아련한 추억 되씹어본다

이런 사회현상을 멍하게 쳐다보면서
앞뒤 못 가리는 주책없는 행동이라
욕할 마음도 없고 서글퍼 하지도 않지만
나라를 지켜온 주역들을 슬프게 한 자태
제발 삼가 해 주길 바라는 마음 뿐이다

간첩과 빨치산을 민주화에 기여한자로 규정하여
어처구니없게 호국 용사들을 가슴 치게 한 처사
한 순간에 애국심을 빼앗긴 참담한 심정이기에
입이 다물어지지 않도록 당황케 하는 모습보고
곳곳에서 쏟아지는 참전 용사들의 분노에 찬 함성
준엄한 애국의 힘 실린 소리로 받아주기 바란다

"이봐, 그렇다면 내 젊음을 돌려줘" 대답 좀 하지

우리사회를 구렁텅이로 몰고 가지는 말아야 할 텐데
조국의 하늘이 맑고 저 산야가 저렇게 푸른 까닭은
젊음 바쳐 나라 지켜온 용사들이 있었기 때문이다
제발, 이제는 값진 자유민주주의체제 지켜 가자구나
먼 훗날 역사와 후손 앞에 부끄럽지않고 떳떳하게…

피와 땀과 눈물이 헛되지 않게

우리는 이 세상 살아가면서
가난하지만 의義롭게 사는 삶
부富를 누리지만 눈총을 받으면서 사는 삶
어느쪽이 택하고 싶은 삶일까?
상식이 통하는 질문의 똑바른 대답은
가난하지만 의롭게 사는 삶일 것이다

높은 직위의 명함 한 장도 가져보지 못한 채
평범한 삶을 살아 가면서도 눈총 받지 않고
자신의 삶에 만족하는 길이 참된 생生일 것이다

이 세상을 속속 둘러 보아라
높은 직위가 탐나서, 부를 갖기 위해
부정한 삶이 캄캄한 터널 속을 지나다가
걸려 넘어지고 쇠고랑을 차는 가엾은 자들이
우리들의 시야를 흐리게 하고 있지 않는가
의로운 삶을 미워하거나 결코 중단해서는 안 된다

지금도 차가운 세찬 바람따라 돌고 있는
주변 강대국들의 풍향계는 우리를 두렵게 한다

내일의 영광된 조국 대한민국의 발전을 위해
구석구석 도사리고 있는 부정부패를 도려내고
상호불신의 적대감을 하루빨리 몰아내어야 한다

우리가 흘린 값진 피와 땀과 눈물이 헛되지 않게…

여기는 한강하구

한강과 임진강이 서로 만나
민족의 한恨을 안고 서해로 흐르는
여기는 한강하구 서부전선 비무장지대
물굽이 마다
거센 물결 이는 소리
강변에 부서지는 물보라가 시선 돌릴
사공 없는 나룻배 한 척도 보이지 않으니
여기가 과연 누구의 땅 이길래
용서 받지 못할 강이 되였는가

내가 여기를 잊지 못하는 것은
기막힌 이유가 있어서가 아니다
내가 이곳을 찾아야만 하는 것은
잊지 못할 사연이 있어서도 아니다
젊었던 그 언젠가
무거운 짐을 안고 있었던 곳
내가 기억을 멀리하지 못하는 것은
강변 따라 헤매어 다녀야 했던
긴긴 밤이 있었기 때문이다

반세기 동안 지쳐버린 민족의 한恨은
강물 속에 잠겨서 울고 있으며
나도 젊음을 강물 속에 던져야만 했다
그런데 내 젊음은
억울하다고 헤엄쳐 나와
나 좀 살려 달라고 애원하며
주저앉아 그만 울어버리고 말았다

여기는 한강하구 비무장지대
반세기 동안 지쳐버린 민족의 한恨을 안고
흐느껴 울면서 기약 없이 서해로 흘러만 간다.

낙서의 변辯

거친 이세상
한 발자국 두 발자국
어렵게 걷고 또 걸어온 길
나도 모르게 하얀 서리 내리고
아쉬움만 자꾸 쌓여 간다

지나간 날을 되돌아보면
보이는 것은 푸른 유니폼을 입고
좌충우돌하던 일이 전부이며
나이가 많아 질수록 지난날들을
되돌아 보는 빈도와 양은 많아 지는데
그 되돌아보는 이유는
다른 할 일이 없어서 이기도 하고
미래를 사는 지혜를 찾기 위해서 이기도…,

시간적으로 봐서 "인생은 짧다"
속도 면에서는 "인생은 유수와 같다"
삶의 뜻으로 여기면 "인생은 연극이다"
마음을 비우고 소유의 의미로 쳐다보면
"인생은 빈손으로 왔다가 빈손으로 가는 것"

“벌써”라고 생각하면 맥이 풀리고
“이제”라고 마음 먹으면 의욕이 앞선다

또 한걸음 또 한걸음
되돌아보며 숨차게 뛰어 보아도
다시 돌아갈 수 없는 지나온 길
같은 운명은 되풀이 되지 않는 법
부와 명예의 길은 눌 다 가능 할까
훤히 보이는 어리석음을 왜 생각 하느냐고.

한강恨江(?), 한강漢江

아름답게 흐르든 한강漢江의 전경
화려한 조명 뒤편에 숨겨진
한恨 맺힌 삶을 부둥켜 안고
난간에 서서 세상을 원망한다

카드 빚과 생활고에 시달리거나
실추된 명예에 대한 자책감 때문에
강물에 몸을 던지는 뭇 사람들…

하루에 한명 꼴 강물에 뛰어든 한강恨江(?)
투신자 대부분이 50~60대 남성들이라니
전생에 무슨 죽어야 할 죄를 지었기에
이 짧기만 한 생애를 제대로 마치지 못하고
처자식 뒤로한 채 떠나야만 한단 말인가

사회가 자신을 버리면 매달려 보고
삶의 언저리를 파고드는 고통이 닥치면
고비의 순간을 넘기는 지혜를 가져야지…,

삶을 버리는 곳이 되어버린 저 한강恨江(?)이

언제나 참 삶을 살아가는 우리들을 지켜보며
아름다운 삶을 노래하는 한강漢江으로 흘러 갈런지.

전승의 기세 올린 인천상륙작전

6.25 자유수호전쟁은
잊혀진 역사의 단면이 아니라
우리와 함께 살아온
잊을 수 없는 비극이다
가슴에 묻고 간
지을수 없는 통한과 회한
조국의 산야가 불타고
황토빛깔로 벗겨진 능선에는
삭일 수 없는 좌절과 분노
슬픈 감정 만이 나뒹굴었다

1950년 9월 15일 18시 30분
인천상륙작전의 용마龍馬로
적색해안에 상륙한 대한민국해병대
부슬비 내리는 해안교두보에서
전승의 기세 올리던 밤하늘에는
전설 같은 슬픔과 기쁨이 교차되었다
시가지 소탕작전을 거쳐 경인가도로 진격
연희고지에 전승의 해병대기를 꽂고
중앙청에 감격의 태극기를 휘날리며

적 치하 90일 만에 수도를 탈환했던
그때 그날의 감격과 환희
어찌 세월이 지났다고 잊을 수 있으리요

역사 반세기
지금 두려운 것은
6.25전쟁의 상처를 모르고
망상에 빠져있는 오늘의 후세들…
만에 하나 두 번 다시 그와 같은 비극이
이땅에 되풀이 된다면
우리국토는 초토화되고
일어 설 수 없는 후진국으로 변할 것이다

아~, 우리조국 대한민국을
풍전등화의 위기에서 구한 참전 용사들
그들이 애절하게 부르짖는 구국의 소리
거역하지말고 귀담아 들어야 한다
다시는 우리에게, 다시는 이땅에
동족상잔의 피비린내 나는
비참한 전쟁이 있어서는 안 된다

오~, 그대들은 조국수호의 불사신
대한민국해병대, R.O.K.M.C
혈맹의 미국해병대, U.S.M.C
영광된 오늘의 우리나라가 있기까지
산과 바다와 하늘에서 피와 땀과 눈물 흘리며
사랑하는 우리조국 대한민국을 위해 목숨 다하여
별처럼 빛나는 전공 세운 자랑스러운 해병들이여!
반세기 역사의 그늘에 퇴색된 아쉬움 남지만
살아있는 우리들은 먼저 가신 전우들의 침묵 앞에
삼가 머리 숙여 명복을 빌며 흰 국화 한 송이 바친다.

*오는 9월 15일은 인천상륙작전 54주년 기념일

우리의 땅, 한반도를 위하여

사랑하는 옛 전우들아!
정글 속을 헤매어 다녀야 했던 이유는
정의와 자유를 위한 것 만큼
더 보살펴야 할 대상이 있었기 때문이다

힘이 없어 도움을 필요로 할 때
정글 속의 전장에서 싸워야 했던 이유는
자유우방을 지킨 것 만큼
더 큰 도움을 줄 대상이 있었기 때문이다

온갖 위험에서 구원이 필요로 할 때
숨막히는 정글 속을 뛰어야 했던 이유는
전쟁의 참상을 사랑으로 치유한 것 만큼
더 큰 위험에서 구원 할 대상이 있었기 때문이다

온 정성 다하여 섬겨야 할 그 대상은
바로 우리가 목숨 바쳐 지켜야 할 대한민국
우리들이 자자손손 살아가야 할 보금자리
자랑스러운 우리의 땅, 한반도이기 때문이다.

호국의 바통

날개 잃은 철새에게
남쪽 나라는 꿈속의 현실

나라 잃은 민족에게
내일의 희망은 공허한 메아리

자유 잃은 자유민에게
꿈과 비전은 무슨 소용 있겠는가

자유민주주의와 튼튼한 안보
공염불로 거저 얻어지지 않는다

이제는 나라 지킬
젊은이들 빨리 일어서서
휠체어에 의지한 상이 용사들로부터
호국의 바통 이어 받아야 한다

대대로 물러 받은 이 나라
우리대만 살고 끝나지 않으며
자자손손 우리 후손들에게

편히 살게 물려 줘야 한다.

하나가 된 한반도

세월이 삼켜버린
허황된 삶의 뒤안길

잘못 놀린 손 탓으로
깨어져버린 그릇에
정을 담아 묶어 볼래

메말라 비뚤어진 공터
단비 내리게 해
아름다운 꽃도, 푸른 나무도 심게
새 아침의 따스한 햇볕을
받아 들일래

우린,
지난 날들 탓하지 말자

이젠,
사랑과 용서하는 마음으로
이른 새벽
은은한 평화의 종소리 들으며

나비 꽃잎에 춤추고
산새 숲속에서 노래하는
두 쪽이 아닌 하나가 된
한반도 지도를 그려보자.

통일의 기도

여기는 서부전선 최전방 애기봉
정결한 통일의 불빛
북녘 땅에 비춰 주게 하소서
묵념의 여윈 한강과
임진강 모두 함께
통일의 물결 흐르게 하소서

선홍의 피로 물든 채
말없이 흐르며
물굽이에 부딪치는 비명
아찔한 산정山頂의 높이로
아픔 쌓여 눈짓하는 애기봉
가파로운 통한을 가슴에 담았거니
통일의 이름으로 자란
흰 장미 가시로 찔러
아픔을 도려 내게 하소서
그리고 모든 것 위에 놓인
고통의 안배를 찬미하게 하소서

흐르는 것들 모두는 염원의 강이 되소서

반세기 동안 쌓아올린
통일의 염원이 풀리는 강
인내의 고통이 즐거움으로 풀려
한낱 원수로 지내며 목마르던 미움들
구리를 갈아 거울을 이루는
기다림의 시간
지금은 용서하는 시간으로 내려 주소서

어둠 한가운데 지금 이렇게 서서
실의와 비탄의 손길로
환한 통일의 불빛 소원을 담아 띄우니
하얀 눈처럼 백의의 옷을 입고
남북 모두 한자리에 모이는
만남이 되게 하소서.

*통일의 빛을 밝히며—애기봉에서

국가안보에는 비무장지대가 있을수 없다

나는 아침마다 입었던
푸른 유니폼과 가슴에 새겨진 빨간 명찰에서
늘 가치 있는 삶과 죽음에 대한 진정한 의미를
경건한 마음으로 음미해 보곤 했다

나는 푸른 유니폼에서
짙은 삶의 진실을 추구해 왔으며
푸르디푸른 유니폼을 입는 순간
그 푸르름이 내 심장을 포근히 감쌀 때면
내 삶의 한가운데서 최선을 다할 것을 다짐했다

가슴에 새겨진 빨간 명찰은
조국의 영광이 동시에 호흡하는
나의 마음을 완전히 사로 잡던 작은 우주였으며
빨간 바탕에 노란색으로 새겨진 세 글자의 표시는
피와 땀과 눈물로 결정된 내 삶이
조국의 운명을 지키는 표시라고 여겨 왔으며
어제도 오늘도 내가 가는 삶의 길은 변함이 없다

하루가 시작되는 이른 아침

부대방송망에서 울러 퍼지는 군가소리 들으면
오늘이 시작되는 기대감 때문인지 가슴이 뭉클했고
과업정열에 참가하는 장병들의 모습은 자랑스러웠으며
훈련장으로 떠나며 행진하는 힘찬 군가소리는
마음을 적시며 무언의 대화도 해보고 싶어졌고
무사히 부대로 복귀 하기를 기도하며 그 시간을 기다렸다

하루종일 철책을 따라 순찰도 하고
자기자신과 싸우고 있는 훈련장도 둘러보며
피곤한 모습 보이지 않고 책임 다하는 장병들에게
잘했다는 칭찬 전하고 안도감을 가지면서
국방의 자신감과 조국애 절규에 박수를 보냈다

조국은 젊은이들의 끓는 혈기로 자라나고 있기에
국가안보에는 비무장지대가 있을 수가 없으며
세월이 가고 시대가 변해도 나라사랑 정신은
기성세대도 신세대에게도 차이가 있을 수 없기에
국민의 한 사람으로서 사랑하는 우리조국 대한민국
우리 다같이 이몸 바쳐 끝까지 지켜나가야 한다.

구국의 함성

5천년 찬연한 민족사의 우리조국
왜, 오늘에 와서 위기를 맞고 있는가?

지금 지구촌에서 일고있는 화두는
알찬 내일의 역사를 쓰는 일이며
그들의 핵심이념은 실용주의사상으로
현재의 위치를 주도 면밀히 분석하여
국가경쟁력을 높이는 지혜와 노력이다

지켜보다가 답답한 심정 못 이겨
천명이 넘는 국가 원로들이 한곳에 모여
자유와 민주주의 수호를 위해 시국선언을 한다
대한민국을 위기로부터 구출하기위해
성스러운 봉화에 불을 붙이려 모여들고있다

냉혹한 국제질서의 흐름 속에서
낙오되지 않고 살아 남기 위해
필사적인 노력이 뒤따라야 하며
세계흐름과 호흡을 같이하고 보조를 맞춰야 한다

백발의 원로들은 눈물 글성이며
소리 높여 외치고 있노라…
자유와 민주주의는 통일조국실현의 주체이기에
나라의 방패막인 국가보안법폐지를 결사반대하며
이땅에서 친북 좌경세력을 기필코 몰아내야 한다

"사랑하는 우리조국대한민국을 위기로부터 구출하자"!

결연한 분위기 속에서 구국선언문낭독을 마친 후
손에 태극기를 들고 항의방문을 하러 거리로 나섰으나
태평로일대에서 대기하고 있던 경찰의 저지를 받는다
누가 서울의 거리를 지켜왔는데
너희들은 우리가 가는 길을 막느냐?
54년 전 공산치하 90일만에 수도서울을 탈환
중앙청에 태극기를 휘날린 9.28수복의 주역들인데
말문이 막혀 허공만을 쳐다보며 흐르는 땀을 닦는다

우리는 자유민주주의체제를 지켜나가야 한다
제발, 사회를 보수와 진보로 가르지 말고
국가보안법폐지 등 정체성 흔들기에 만

소모적인 곳에 힘을 쏟지 말아야 하며
국론을 화합하여 경제 살리기에 나서야 한다
가슴 답답한 마음에서
혼돈과 어둠에 차있는 나라가 걱정되어 일어섰다.